KB182486

괴테 할머니의

인생 수업

괴테 할머니의
인생 수업

전영애 지음
최경은 정리

문학동네

차례

3장
"그대 나만큼 오래 떠돌았거든,
나처럼 인생을 사랑하려 해보라."

4장
괴테를 찾아 떠난 여행

후기

홀로 아름답게,
함께 더 아름답게

저는 뭘 가지고 있는지도 잘 모르면서, 항상 무언가 나누고 싶었습니다. 그래서 겁도 없이 빈손으로 여백서원을 지어 지켜왔고 이제는 괴테마을까지 조성중입니다. 20여 년 동안 여백서원을 혼자 힘으로 가꾸어오다가, 이제는 혼자만으로는 벅차다고 느낄 즈음에 괴테마을까지 시작되었고, 제가 제아무리 3인분 노비에서 5인분 노비, 7인분 노비로 승진했다고 웃으며 떠들어도 도저히 감당이 안 되겠는 시점부터 놀랍게도 차츰 천사들이 나타나기 시작했습니다. 그렇게 두 시설이 마주 서 있는 여주의 "긴 골", 골짜기 끝이 천사 집결지가 되었습니다.

그 누구도 저는 부르지 않았습니다. 그렇건만 그냥 와서 일손을 보태고(일은 지천으로 있거든요), 매주 화요일엔 아예 작은 도시락을 싸들고, 혹은 김밥 한 줄을 들고 와 함께 잡초를 뽑고 함께 식사를 합니다. 일주일 중 가장 즐거운 시간이지요.

괴테마을의 뜰은 누구든 자기 좋아하는 꽃을 들고 와 함께 심고 함께 가꾸는 정원입니다. 아름다운 뜰은 그래서 '우리의 뜰'이자 '나의 뜰'이지요. 그렇게 한 송이 꽃을 심은 사람은 차츰 괴테마을 주민이 되어갑니다.

"홀로 아름답게, 함께 더 아름답게"가 이 아름다운 공동체 정원의 구호입니다. 사실 괴테마을을 시작한 이유는 첫째, '뜻을 가지면 사람이 얼마나 클 수 있는가', 둘째, '그렇게 큰 사람은 자기를 어떻게 키웠는가'를 (잔소리 하지 않고) 실물 예 하나를 통해 보여주자는 것이었는데 발설하지 않은 결론 비슷한 것이, 이 뜰의 터를 놓을 때, 이미 거기에 꽃밭의 모습으로 놓였습니다. 애초부터 그렇게 아무런 구속 없이, 아무런 깃발 없이 자신을 돌아보며 함께하는 삶의 소중함을 일깨우는 공간을 그렸던 것이지요.

천사들은 처음 만나도 곧바로 친해진다는 공통점 외에는, 정말 다양하고, 각자 찾아서 하는 일도 다양합니다. 긴 세월 찾아오던 제자들이 차츰 날개를 달기도 하고, 책을 읽으러, 공부를 하러 오시던 분들이 천사로 돌변하기도 하고 처음부터 그냥 바로 날개 달고 오시는 분들도 계십니다.

어떤 천사는 이 일 저 일 하며 경황 없이 사는, 그래서 하릴없이 흩어져 사라지는 저의 말을 간수해두겠다고 난생처음 해보는 유튜브를 혼자 배워가며 찍었습니다. 인천에서 여주까지 매주 대중교통을 타고 와서요. 그 뜻이 참 고마워서 저는 유튜브 천사가 오면 순순히, 어떤 때는 많이 민망하지만 세수도 안 한 채로 찍히곤 합니다. '괴테 할머니 TV'는 그렇게 시작되어 지금까지 계속되고 있습니다.

그러더니 이 천사가 이번에는, 그사이 많이도 만든 유튜브 영상 중에서 얼마를 골라내어 글로 만들었네요. 제가 쓴 괴테 안내서 『꿈꾸고 사랑했네 해처럼 맑게』를 책으로 만들어주었던 문학동네의 편집자가 정리를 돕고요. 물론 제가 꼼꼼히 읽어봤습니다만 별로 고치진 못했습니다. 영상을 글로 바꾼 거라 제 말이 아닌 말이야 한 마디도 없습니다만 이 책은 제 책이 아니라 천사들의 책인 것 같습니다. 고맙고 황송하고 기쁘네요.

다른 한편으로는 말을 글로 옮겼으니 했던 말이 되풀이될 수 있고(중요한 말이라면 더더욱 그렇지요), 무엇보다 책을 낼 때 원고의 한 단어 한 단어를 두고 끝도 한도 없이 벌어지는 씨름이 이번에는 많이 생략되어(유튜브 영상 편집이 그 부분을 많이 감당했겠지요) 두렵고, 너무 날것인가 싶어 죄스럽기도 합니다. 그러나 마음 내어, 공중에서 흩어지는 말들을 이렇게 붙잡아 간수해주는 큰 성의에는 제가 감사를 표할 수밖에 없습니다.

고맙습니다! 최경은님, 이경록님과 문학동네, 그리고 여백과 괴테마을을 아끼고 응원해주시는 분들 모두 모두 고맙습니다.

2024년 11월 1일
응원을 보내며
전영애

1장

"길은 시작되었다.
여행을 마저 하라."

배우는 일을
멈추지 않아야 합니다

생각해보면, 저는 굉장히 어렵게 공부했던 것 같습니다. 그저 마냥 뭔가를 배우고 싶었는데, 그럴 기회가 그렇게 없더군요. 얼마나 배우고 싶었는지 말도 못 합니다. 그래서 일단 자꾸만 책을 읽었습니다. 초등학교 5학년 마치고부터 서울에서 혼자 살았기 때문에, 그때는 아무것도 몰랐습니다. 하숙비 내고 조금 남은 돈으로는 다른 건 살 줄 몰라, 늘 책을 샀고 그래서 책은 조금 읽었는데 그럼에도 늘 무엇인가 부족하고 배움에 목이 말랐어요. 그렇게 어린 시절을 지나 대학에 갔지만 사회적으로 힘든 시대여서 강의도 잘 진행되지 않았고, 여자가 공부하는 것을 별로 좋게 보지도 않던 시대여서 갈증이 계속되었습니다.

무슨 학자가 된다, 교수가 된다 이런 건 꿈에도 생각이 없었습니다. 다만 좀더 배우고 싶었지요. 독일문학을 전공했는데 독일 유학도 쉽게 갈 수 없었습니다. 늘 뭔가 배우고 싶었는데, 그게 잘 안 되니 졸업하려니까 얼마나 부끄럽던지요. 아는 게 없어서요. 다른 친구들은 거리에 나가 데모를 하고, 심지어는 감옥에도 가고 이런 시대에 나도 좀 뭐라도 해야지 싶어, 도서관에 열심히 앉아 있었습니다. 이 어두운 시대의 다음 시대도 좀 준비는 해야 될 것 같다는 생각도 했지만 책이나 보는 것이 늘 죄짓는 일만 같았고, 어디 가르침을 받을 곳도 없는 어두운 상태가 아주 오래 계속됐습니다.

독일문학을 배우려니 원서가 있어야 하는데, 요즘과 달리 책도 쉽게 못 구했어요. 겨우 몇 권 구한 책을 번역해가면서 읽고, 번역이 끝나면 서랍에 집어넣고, 거기에 대해서 글도 조금 쓰고 또 집어넣고 해가면서 오랜 세월을 지냈습니다. 그러다가 마침내 기회가 되어서 제가 번역한 책이 출판되기도 하고, 쓴 글이 모여 연구서가 되기도 했지요.

그저 간절했던 것 같습니다. 그냥 평탄하게 쭉 갔더라면 좀 덜 했을지도 모르지만, 도무지 앞이 보이지 않는 상황이 계속되고, 공부를 마치 나쁜 짓처럼 숨어서 하는 상황이 계속되다보니까 간절함이 더욱 쌓였던 것 같습니다. 개인적인 것을 하나 더한다면, 어머니께서 배움에 대한 게 간절하셨지만 학교 문턱도 못 가셨기 때문에 아마 그 한을 대신 풀어야 된다는 생각도 조금은 있었던 것 같고요.

낯선 세계가 하나 열려왔어요

이제 와 돌이켜보니, 순조롭게 유학을 가고 박사학위도 척척 받았다면 아마도 '공부 끝났으니 이제 대접을 받아야지' 하는 생각이 들지나 않았을까 싶기도 합니다. 늘 모자라고 부족했기에 여건하에서 할 수 있는 모든 걸 해야 했지요. 책을 번역하면서 읽었다고 이야기했는데, 당시는 컴퓨터가 없어서 책 한 권을 번역하자면 수정이 안 되기 때문에 다섯 번 정도 타이핑을 했습니다. 그래서 나중에는 손가락에 문제가 생겨 저녁이면 젓가락질을 못 하던 일이 떠오르기도 하고, 또 언젠가 어디 연구실에 앉아 있다가 난로를 켜놨는데, 다리가 뜨거우면 다리를 치우면 되는데 그걸 못 해서 청바지 속 다리에 물집이 가득했던 그런 웃긴 얘기도 있습니다. 그만큼 간절하게 살았습니다.

평소에 선생 티 안 내려고 부단히 노력하는데요. 제가 마지막 수업을 하면서 학생들에게 선생 티를 한 번 크게 냈습니다. 글 배워 책 읽었거든 바르게 살라고 했거든요. 왜 그렇게나 배움에 목말랐던가 돌아보면, 조금 더 넓은 세계를 알고 싶었는데 그것이 그러나 지식만은 아니고 어떤 다른 삶에 대한 갈구가 있었던 것 같습니다.

독문학자가 되려고 독문학과를 선택한 것은 아니었지만, 외국문학을 했기 때문에 특별한 득이 있었습니다. 혼자서 외국어를 배우느라고 절절맸지만, 그냥 언어를 하나 배운 게 아니고 어느 사이 세계 하나가 제게로 왔더군요. 낯선 세계가 하나 열려왔어요. 엄청난 작가들을 읽게 됐고, 거기서 끝이 아니라 온갖 학계에 이리저리 가봤더니 같은 작가를 공부하고 읽은 사람들은 또 바로 다 친구가 돼서 너무나 좋은 친구들이 세계에 널려 있고요.

그만큼 간절했기 때문에 지금도 이해관계가 전혀 작동하지 않고, 그냥 정말 죽는지 사는지 모르고 끝없이 몰두하곤 합니다. 어찌 보면 참 바보짓이죠. 그런데 거기에서 오는 득이 어마어마해요. 그렇게 읽고 씀으로써 내 속으로 들어온 그 거대한 세계를 만난다는 것은 그 무엇과도 비교할 수 없는 것이어서 너무 감사하고, 이를 어찌 나눠야 하나 늘 자문하지요. 그렇습니다. 배움은 꼭 나눠야 합니다.

전율은 인간의 최상의 부분

저에게는 지금도 좀더 알고 싶은 게 많습니다. '이제 더이상 공부하고 싶은 게 없다' 하는 순간 이미 어떤 의미에서는 삶이 끝났다고 볼 수도 있다고 생각합니다. 특히 학자로서는 이미 다 산 거나 마찬가지입니다. 나이가 몇 살이건 이제 공부 그만해도 될 것 같다, 안 해도 될 것 같다 하면 그건 학자의 끝입니다.

괴테도 눈감기 전까지 계속 공부하는 사람이었습니다. 유명하지요. 저 역시 자주 인용합니다. 죽기 닷새 전에도 공부 좀 해야 된다고 했고, 눈만 뜨면 외우려고 침대 앞에 음향학, 지질학 용어를 깨알같이 써서 궤도 만들어 걸어놓고…… 음향학은 대체 왜 공부하려 했는지 참 수수께끼입니다.

『파우스트』에 "전율은 인간의 최상의 부분"이라는 말이 있는데, 아마도 그런 맥락에서가 아닐까 싶습니다. 전율이라는 게 설렘, 떨림이거든요. 무언가를 보고, 호기심이 생기고, 알고 싶고, 이럴 때까지가 사람이 살아 있는 것 아닐까요. 그냥 무얼 봐도 시큰둥, 무덤덤하다면 일단 괴테가 볼 때는 다 산 것입니다. 좀 모진 표현일 수도 있겠네요. 그런데 전율이라고 해서 꼭 『파우스트』 같은 대작을 쓰고 연구 성과를 내야 하는 건 아닙니다. 진정한 관심이면 충분하지요. 세상에 대한, 혹은 옆사람에 대한…… 예를 들자면 한 사람을 두고 '어떤 브랜드의 얼마짜리 옷을 입었네', 이렇게 생각할 수도 있겠지만, 그 사람의 얼굴을 들여다보고 '아, 이 사람이 어떻게 살아왔네, 지금 좀 아파 보이는데 내가 좀 도움이 될까', 이런 걸 읽어내는 사람도 있습니다.

세상 모든 경험이 다 공부입니다

제 아이들이 어렸을 적에 있었던 일이 하나 생각납니다. 아이들이 백과사전에서 새 부르는 방법을 읽고 무모하게, 하지만 정말 꾸준히 새를 불렀습니다. 별다른 방법은 아니었고, 매일매일 모이를 내놓은 것이었지요. 그런데 어느 날 정말로 새가 와서 살기 시작했습니다. 얼마나 간절하게 원했으면 새가 서울 한복판 아파트 베란다에서 살게 되었을까요. 덕분에 그 새가 베란다에 둔 대나무 화분에다 둥지를 만들고 알을 낳아 품고 기르는 과정을 다 지켜볼 수 있었습니다. 털 돋기 전의 갓 난, 어린 새끼 새는 얇은 살갗 속 핏줄이 다 비쳐 보이는데, 피가 혈관을 타고 몸 전체가 들썩들썩하는 박동으로 달리는 게 느껴질 정도였습니다. 저 작은 핏줄 뭉치 속에 생명 펌프가 들었구나 싶었습니다. 그 힘을 누가 줄 수 있겠습니까. 누가 뺏을 수 있겠습니까. 그렇게 새끼 새가 큰 새가 되어 날아갈 때까지 경외심으로써 바라보던 일이 잊히지 않습니다.

세상 모든 경험이 다 공부입니다. 특별한 걸 찾을 게 아니라 그게 다 공부입니다. 무슨 원서 몇 장 읽고 이런 게 아니고요. 특히 문학을 읽는 일이 그렇지요. 우리가 모든 인생을 살 수는 없잖아요. 문학은 픽션인데, 이 허구의 이야기를 읽음으로서 사실은 여러 인생을 살아볼 수 있거든요. 언젠가 얘기했듯, 문학은 누군가의 옆에 가만히 서는 것입니다. 많은 인생을 간접적으로 살아봤기 때문에, 사실 문학을 해서 작가나 평론가가 되는 것은 부수적으로 올 수는 있지만 최종 목적이 될 수는 없고 결국 사람을 중심에 놓는 인본주의의 바탕이 되는 것이지요. 사람이 사람을 바르게 보고, 진정한 관심을 기울여야 세상이 유지됩니다.

책을 읽는다는 행위는 내 옆의 좋은 이웃만 만나는 게 아니라 몇백 년 전의 어느 누구까지 만나는 일입니다. 엄청난 일이지요. 그것을 어떤 출세의 한 방편으로 생각한다면 별로 득이 없겠고요. 크고 바른 어떤 것, 진정한 '앎'에 대한 사랑이잖아요. 문학도 철학도 인문학에 대한 관심은 자신의 세계를 좀 풍요롭게 하는 일인 것 같아요. 함께하는 세상도 자연스레 좋아지고요. 그래서 저는 조금은 쓸모없어 보이는 문학이 사실은 삶에 무척 많은 도움을 준다고 생각합니다. 공부의 범위는 얼마든지 활짝 넓힐 수 있습니다.

생각해보니 우리 조상들은 참 현명했습니다. 옛날에

제사를 지낼 때, 아마도 기억하시는 분도 계실 겁니다. 위패를 모실 때 보면 벼슬한 사람은 무언가 많이 적어 넣습니다만, 보통 사람은 그저 '학생부군學生府君'입니다. 배우는 사람이에요. 사람은 늘 배워야 합니다. 배우지 않는다는 것은, 배울 생각이 없다는 것은, 모질게 말하자면 살 생각이 별로 없는 것 아닌가 싶어요. 살아 있다면, 계속 공부해야 합니다. 공부란 물론 책 보는 것뿐일 리 없고 오히려 삶을 대하는 자세 같은 것이겠지요.

괴테가 문제를
감당한 방법

괴테의 『시와 진실』은 지금도 자서전의 전범입니다. 괴테는 당시로서는 오래 살았다고 볼 수 있는 여든둘까지 살았는데, 자서전은 스물여섯 살까지밖에 안 썼습니다. 태어날 때부터 스물여섯 살까지의 내용이니 조금 부족하다고 할 만한데, 그럼에도 앞으로 크게 될 사람의 전모가 보입니다.

'사람이 어찌하면 그렇게 클 수 있는가?'가 당연히 의문이었는데, 그것을 그 자서전이 보여줍니다. 사람이 크는 것은 어려움을, 문제를 어떻게 대면하고, 처리하고, 넘어가느냐에 달렸다고요. 아기들도 한번 아프고 나면 똑똑해지고, 꾀도 내고 그러잖아요.

괴테가 문제를 감당해가는 방법은 그 문제와 정면 대결을 하는 것입니다. 수학 문제와는 달리 인생의 문제에는 답이 잘 없습니다. 그러나 문제가 무엇인지를 정확하게 알면 그것을 감당하는 힘이 생기곤 하지요. 우리 모두 그렇게 어려움을 가까스로 이겨내면서 사는 것인데, 괴테가 문제를 대면하는 걸 살펴보자니 어려서부터 스물여섯까지 하나하나 다 기가 막힐 정도로 놀라워요. 그는 정면 대결을 함으로써, 감내나 극복 정도가 아니라 번번이 문제를 뛰어넘어 훌쩍 커가는 사람이었습니다.

유명한 작품 『젊은 베르테르의 슬픔』도 그렇습니다. 희망 없는 연애를 했어요. 어떻게 하겠습니까. 좋아하는 사람을 빼앗아올 수도 없고, 내가 죽을 수도 없잖아요. 괴테는 연애를 많이 한 것으로 알려졌는데, 알고 보면 아무 실속이 없었습니다. 아내 외에는 아무런 실속이 없었달까요. 그래서 어떻게 했느냐면, 이 감정이 무엇일까 하고 미친듯이 몰두해서 써내려간 글이 예컨대 『젊은 베르테르의 슬픔』이 되었습니다. 불과 4주 만에 쓰였습니다. 이 소설에서 주인공은 죽이고, 괴테 본인은 그 문제를 넘어서지요. 그리고 세계적인 베스트셀러, 영원한 스테디셀러가 남았고요.

괴테를 키우려고 태어난 사람

괴테는 열여섯 살까지 집에서 교육을 받았습니다. 집수리를 하는 몇 달을 제외하고는 학교에 다니지 않았습니다. 괴테 아버지는 마치 괴테를 키우려고 태어난 사람 같은데, 괴테가 열여섯 살이 되자 라이프치히 대학교에 보냈습니다. 라이프치히는 당시 '작은 파리'로 불릴 만큼 대도시고, 또한 현대적인 도시였죠. 괴테는 그즈음부터 내가 무엇이 될 것인가를 열심히 고민해요. 화가가 될까, 시인이 될까를 가장 마지막까지 고민했습니다. 마침내 시인이 되기로 결심하고, 본인이 쓴 많은 글을 들고 가서 대학에 입학하고 옷도 대도시에 어울리는 멋진 것으로, 최고로 맞춰 입고 갔습니다. 충분히 짐작되는 일입니다만, 딴에는 잘 차려입고 갔는데도 남들에 비해 영 촌스러웠고, 무엇보다도 글이 어마어마하게 비판받았어요. 옷이야 뭐 유행이 날마다 바뀌니 그렇다 치더라도 글이 비판받은 것은 괴테에게는 큰 충격이었습니다.

당시의 문학의 조류는 아나크레온풍Anakreontik이었는데, 우리 식으로 말하자면 '앵두 같은 입술' '백옥 같은 피부', 이런 표현처럼 유미적이고 감각적인 것을 추구하던 시대였습니다. 그런데 괴테는 거친 질풍노도의 작품을 들고 가니 그게 통하지가 않았어요. 그 절망감이 얼마나 컸는지, 원고를 모조리 불살랐습니다. 아깝지요.

그게 처음이 아닙니다. 평생 몇 번 불살라요. 모조리 불태우고 폐결핵이 걸립니다. 그래서 학업을 중단하고, 집으로 돌아가서 1년 정도를 쉬고 다시 다른 대학에 입학해서 법학박사 학위를 받기는 했는데, 어찌됐건 그 정도의 실의를 겪고 났으니 "내 작품이 이렇게까지 비판을 받은 이유가 뭐지?"라고 궁금해하며 그 비판의 기준을 알기 위해서 독일문학을 있는 대로 다 읽습니다. 그러고는 아예 독일문학사를 써버립니다. 언제나 극복 방식이 그랬어요. 아주 어렸을 때부터 말입니다.

괴테는 다섯 살이 되던 해 크리스마스에 외할머니로부터 인형극 상자를 선물받았습니다. 제가 운영하는

'젊은 괴테의 집' 이층에도 그 인형극 상자를 독일에 있는 것과 비슷하게 만들어 놓아두었는데요. 어린 괴테가 처음에는 그 앞에서 좋아하고 조금 지나서는 자기가 인형 옷도 직접 만들어보고, 혼자 인형극도 해보고, 동네 아이들이 구경 오면 시끄러운 애들은 내보내기도 하고 하면서 연극에 대해 흥미를 느끼게 되었습니다. 그리고 본인이 직접 연극 대본을 쓰기 시작했습니다.

당시 프랑스 군인들이 주둔을 해서, 그들을 위해 프랑스 유랑극단이 프랑크푸르트에 와 있었어요. 그리고 프랑스군의 대장이 괴테의 집에 머물고 외할아버지가 시장인 연유로 집에 공짜표가 있었습니다. 그래서 이 꼬마가 저녁마다 연극을 보러 가서 불어는 일단 통달하고, 그다음에 극단에 있던 자기보다 조금 더 큰 소년에게 자신의 작품을 가져가서 이걸 무대에 좀 올려달라고 부탁합니다. 이 꼬마, 참 간이 크지 않나요? 하지만 그게 될 법이나 한 일입니까. 될 일이 아니지요. 거절당하고 집에 돌아와서 이 꼬마가 뭘 하느냐 하면, 프랑스의 대극작가인 라신, 코르네유를 다 읽어버려요. 어린 시절부터 그런 식으로 문제를 극복해나갔으니 사람이 얼마나 크겠습니까. 그런 예가 한두 가지가 아닙니다.

열려 있음과 호기심

괴테는 긴 생애 동안 참 많은 일을 했고, 그 일에는 대개 두 가지 특징이 있습니다. 언제나 열려 있었고, 호기심이 있었습니다.

하지만 경직됨 가운데서 나의 안녕을 찾진 않겠다,
전율은 인간의 최상의 부분,
세상이 제아무리 인간에게 그런 느낌을 쉽사리 안 줄
지라도
감동되었을 때, 엄청난 것을 가장 깊이 느끼지.

위의 인용은 『파우스트』의 한 부분인데요, "전율은 인간의 최상의 부분Das Schaudern ist der Menschheit bestes Teil"이란 말이 나옵니다. 굳어지지 않겠다는 파우스트의 생각이 드러날뿐더러 괴테 자신에게도 매우 중요한 단언이 담긴 구절입니다. 전율을 느낄 수 있다는 것, 즉 놀라며 세상과 사물을 바라보고 받아들일 수 있는 열려 있음을 인간이 지닌 '최상의 부분'으로 보는 것이지요. 괴테는 이를 파우스트가 가진 추동력의 핵심으로 삼았습니다.

어떤 나이에든, 어떤 상황에서든 괴테에게는 세상과 사람과 사물에 대해서 전율을 느낄 수 있는 힘이 있었던 것 같습니다. 그만큼 유연하게 세상과 사람을 바라보았고, 삶의 어느 시기든 자기 자신을 넘어섰고, 그럼으로써 세계문학사에도 새로운 한 시기가 열렸습니다.

『파우스트』, 큰 사람이 남긴 큰 선물

가끔 강연을 나가면 질의응답 시간에 『파우스트』를 읽어도 무슨 말인지 솔직히 잘 모르겠다, 어떻게 하면 잘 이해할 수 있겠느냐는 질문을 받곤 합니다. 네, 『파우스트』는 이해하기 쉬운 책이 아닙니다. 짧은 시간 동안 내용을 전달하려고 하니 제가 늘 쉽게 쉽게 이야기해보려 하지만, 누군가 60년 동안 쓴 작품을 내가 단사흘 만에 다 이해해보겠다 하는 게 좀 어불성설이기도 하지요.

Faust

Der Tragödie zweiter Theil
in fünf Akten.

(1831.)

괴테는 『파우스트』를 완성하기 위해 일생을 바쳤다 해도 과언이 아닙니다. 그리고 또 복잡한 여러 가지 세계관이 얽혀 있는 작품이기도 해서, 단번에 이해가 가지 않는 게 어찌 보면 당연한 일입니다. 괜찮습니다. 이해가 좀 안 돼도 상관없어요. 그러나 조금이나마 읽어 봤던 사람과 아예 읽어보지 않은 사람 사이에는 상당한 차이가 있습니다.

우리가 어떻게 온 세상을 다 이해하겠어요. 『젊은 베르테르의 슬픔』의 경우 호불호가 극명하게 갈리는 작품이기도 합니다. 왜인가 하니, 베르테르 같은 경험을 좀 해보신 분은 정말 좋아합니다. 근데 그런 경험이 없는, 그저 행복하기만 하신 분들은 잘 공감이 안 되기도 할 것이거든요. 어떤 책이든 본인이 경험한 것과 관계있는 것이라면 마음에 들고 이해가 잘 되기도 할 것이고, 반대로 아직 내 경험과는 좀 먼 거리에 있는 이야기라면 낯설 수도 있습니다. 그러나 그 낯선 것이 나한테 왜 잘 와닿지 않느냐, 내가 뭐가 부족해서 그런 것이냐 묻는다면 그런 것은 아닙니다. 다만 각자 경험의 차이일 뿐이어서 멀리 있는 것이 이해 안 된다고 자신을 비난할 필요가 전혀 없고, 오로지 멀다고 밀어만 놓을 필요도 없는 것이 또 어느 순간에 가까워지기도 하기 때문입니다.

이해가 잘 안 된다고 너무 열심히 노력할 필요도 없습니다. 우리 사람하고 똑같습니다. 세상 사람을 어떻게 다 이해하겠습니까. 옆에 있는 사람하고도 가끔 싸우고 그러는데, 그러다 어느 순간에 어떤 사람이 다가오기도 하고 또 계속 멀리 머물 수도 있지요. 저 산에 저런 나무가 있고 이 산에 이런 나무도 있구나, 내가 지금은 이 나무 밑에 있어보니까 기분이 좋네, 뭐 이 정도가 문학이 할 수 있는 일이 아닐까 싶습니다. 너무 많은 것을 기대하거나 요구하면 오히려 실망이 큰 법이지요.

『파우스트』를 즐겁게 읽는 팁으로, 친구들과 모여 대사를 나누어 읽어볼 것을 권합니다. 그렇게 소리내어 읽다보면 참 재미있어요. 연극 대본이니까요. 그리고 예쁜 노트에 좋았던 구절을 띄엄띄엄 적어놓으면 좋습니다. 왜 띄엄띄엄 적어두어야 하느냐면, 나중에 찾아보면서 소감이든 뭐든 더할 수 있는 공간이 필요하기 때문입니다. 좋은 구절이 너무나 많은데 그야말로서 말 구슬이어서 그걸 한꺼번에 다 어떻게 할 순 없고, 시간을 두고 천천히 한두 개씩만 주워담아두어도 참 좋습니다.

　방금 문학에 대해 너무 노력하지 말라 이야기했습니다만, 그럼에도 『파우스트』는 누구나 꼭 한번 정면 대결해볼 만한 작품입니다. 한때는 가까이, 한때는 또 멀리 두기도 하면서 천천히 읽다보면 세상과 사람에 대해 더 넓은 시야가 트일 거라 믿습니다. 큰 사람이 남기고 간 큰 선물입니다.

묵묵히, 계속,
다만 바른길로

　누구나 살아가다보면 때때로 커다란 어려움이 생기
곤 합니다. 고생하지 않고 사는 사람이 어디 있겠습니
까. 누구나 다 나름 고생하지요. 옆에 중환자가 있어도
내 손가락 아프면 아픈 거예요. 다 고생하고 사는데,
고생한다고 바로바로 그만한 보상이 있지도 않습니다.
그런데 어느 시점에 돌아보니, 저는 참 많은 것을 돌려
받았더라고요. 감사할 게 정말 많았습니다.

　사실 따지고 보면 꽤 분명한 일입니다. 좋은 열매 맺
음은 결국 현실적인 자기 분수를 아는 것에서부터 비
롯하는 것 같아요. 제가 바라던 일이, 예컨대 '돈을 많

이 벌겠다', 그랬으면 안 됐을 것입니다. 또한 대단한 인정을 받겠다고 마음먹었어도 안 됐을 것 같아요. 누군가에게 무엇을 받아내거나 가져와서 이루어지는 게 아니고, 그냥 혼자서 조용히 하면 어느 정도까지는 되는 일을 소망했던 것 같습니다.

철이 들어 생각해보니 꽤 많이 읽을 수 있었고, 경험할 수 있었던 것에 대한 고마움이 정말 큽니다. 네, 제가 마지막 수업에 그랬지요. 글 배워 책 읽었거든 바르게 살라고요. 그런데 남에게만, 제자들에게만 그렇게 선생 티 내면 어떡하겠어요. 제가 그토록 많이 받은 것을 그냥 들고 가버리면 안 될 것 같았습니다. 그저 사리사욕이 아니라 모두에게 유익한 어떤 것, 이 좋은 지혜를 나 혼자만 알고 가져가버리면 안 될 것 같아서, 조금이라도 이렇게 나눠놓고 가야 될 것 같아서 지금도 이런저런 일을 벌여놓고 매일매일 열심히 살고 있습니다.

여백서원이나 괴테마을도 젊은이들에게 잔소리를 늘어놓거나 설교하는 대신 그저 탁월함의 한 예를 눈앞에서 보여주고 싶어서 시작했고, 삶으로 읽고 배운 것을 나누고 싶은 추동력에서 비롯되었습니다. 너무나 많은 분들의 도움으로 여기까지 왔는데, 제가 벌이는 일이 행여 개인적인 욕심이었다면 사람들이 결코 도와주지 않았을 거예요. 내가 내 집을 근사하게 짓고 살겠다면 누가 와서 도와주겠습니까. 이렇게 제 생각을 이해하고 공감하는 많은 분들이 괴테마을로 천사처럼 모여 쉽지 않은 일을 참 고맙게도 함께 꾸려가고 있습니다.

'무엇을'보다 '어떻게'

눈앞이 캄캄하던 젊은 날, 어느 순간 갑자기 깨달았습니다. 사람이 무엇을 하는가는 생각보다 별로 중요하지 않다는 것을 말입니다. 다만 어떻게 하느냐가 좀더 중요해 보였습니다. 그래서 굳이 새로 다른 일을 시작하지 않고, 하던 일을 묵묵히 계속, 성심껏 해왔습니다. 당연히 어느 정도 헤매는 시간이 필요하겠지만 무엇을 하면 좋을지, 그게 득이 될지 주변을 두리번거릴 시간에 하나를 꾸준히 잘해보는 방법도 있다는 걸 이야기하고 싶어요.

제가 늘 비유하는데요, 산에 올라가는 것과 비슷합

니다. 더 쉬운 일은 없어요. 어떤 일을 해도 산 하나를 넘는 고비는 있는 것인데, 우리가 산을 넘으려면 저 산이 좀 쉬울까, 이 산이 좀 쉬울까 하고 둘러보면 안 될 일이고요. 어떻게든 바로 이 눈앞에 있는 산등성이를 꼭 넘어야 하기 때문에, 그래서 힘든 것이거든요. 그래서 이거 할까 저거 할까, 이게 더 좋을까 저게 더 좋을까 너무 재는 것보다는 자신이 선택한 것을 믿고, 쭉 가보기도 했으면 좋겠다는 생각이 들어요. 어떤 일을 해도 힘든 점은 있으니 산 하나 정도 오르는 공은 들여야 제대로 할 수 있기 때문에, 힘이 부칠 때 적어도 이건 내가 좋아서 택한 것이라는 마음가짐이라도 있어야 끝까지 갈 수 있는 것입니다.

다시 도돌이표를 하나 치자면, 무엇보다도 바르게 살아야 됩니다. 여기저기서 수도 없이 이야기했습니다. 바르게 살면 큰일날 것 같고, 무슨 수를 써야지만 손해 안 볼 것 같지요? 아닙니다. 자기가 옳다고 생각하는 대로 살아도 살아지고, 작은 결단들에서 언제나 선한 결단 쪽을 택해서 묵묵히 가노라면 그것이 쌓여 마지막에는 무엇이든 원하는 바를 이룰 수 있을 것이라 생각합니다.

힘들어도, 불안해도 괜찮습니다. 저는 이만큼 살고도 여태 방황하고 매일 고꾸라져요. 그런데 견딜 만합니다. 괴테가 말했듯 방황한다는 건 갈 곳이 있기 때문이라는 걸 이제 알고(살면서 수십 번 확인했죠!), 수학 문제와는 달리 인생에는 답이 없지만 자기 앞에 닥친 시련의 의미와 모양을 정확히 알 때 감당할 힘이 생긴다는 것을 이제는 알기 때문입니다. 사실 다 괴테 덕분인 것 같기도 합니다.

그리고 또하나의 비결은, 제가 바보인 덕분이 아니었나 싶어요. 되돌아보니 어려워도 더 쉬운 길, 더 나아 보이는 길을 찾아 두리번거리지 않고 하던 일을 바보같이 꾸준히 했고, 크고 작은 선택들을 해야 할 때면 목전의 이득보다는 올바른 쪽으로, 긴 안목으로 해왔더군요. 많은 것을 포기하고, 제가 정말 중요하다고 생각했던 그 한 가지만 힘들게 꾸준히 해온 것이지요.

저는 독일문학을 공부하는 사람이니 번역도 많이 하고 연구도 좀 했는데요. 어느덧 그것이 쌓여 70여 권이나 되었습니다. 한국에서뿐만 아니라 독일에서도 여러 권이 나오고요. 요즘은 지금까지 공부해온 모든 경험을 모아 『괴테 전집』을 번역하고 있는데, 이 중요한 일을 위해 정말 많은 것을 버렸습니다.

결국에는 결단의 문제가 되겠지요. 누구에게나 하루는 스물네 시간입니다. 그 시간을 어떻게 쓸 것인가는 나의 결단이고요. 먹고사는 데에도 상당한 시간이 들여야 되기 때문에, 남는 시간은 정말 얼마 안 되니 더 소중합니다. 아무리 작은 것이라도, 그 귀한 시간에 자기만의 생각을, 일을, 꾸준히 해가며 그렇게 자기 세계를 만들어간다는 건 힘들 뿐만 아니라 너무나 외로운 작업입니다. 그러나 그 고단함이나 외로움은 꼭 견뎌야 합니다.

이런 질문 해봅니다. 자신의 문제들을 괴테처럼 만나 보는 건 어떨까요. 뜻도 세워보고요. 괴테가 이렇게 말했습니다. "우리의 소망이란 우리들 속에 있는 능력의 예감"이라고요. 속에 든 것을 꺼내야죠. 누구에게나 공평한 스물네 시간, 버릴 건 버리고, 조금 손해도 보면서, 조금은 바보같이, 자신의 뜻을 바르게 세워보고 그에 따라 살아보는 건 어떨까요. 그렇게 꾸준히 가다보면 그 길의 끝에서 지금보다 더 성장한, 나다운 나를 만납니다. 나라는 존재는 남이 키워줄 수 없으니까요.

스스로를 키우고, 좋은 뜻으로 더 큰 나를 세워보세요. 만들어가보세요. 저도 힘을 보태겠습니다.

사랑이 살린다

저는 정밀한 계획 같은 것을 세우지 않고 사는 편입니다. 하지만 언제나 10년 정도는 염두에 두고 할일을 해나가곤 합니다. 언제 회수당할지, 되불려갈지 모르지만 그래도 살아 있는 한 제가 해야 할 일은 꼭 잘해내고 싶은 마음이어서 그렇습니다.

괴테마을에는 작은 정원집이 있습니다. 괴테의 책상과 의자를 비슷하게 만들어두고, 사람들로 하여금 거기에 앉아서 자신의 인생을 한번 생각해보게 하려 합니다. 한 10년 정도를 생각해서 한번 정리해보는 그런 계기를 찾아오시는 분들께도 드리고 싶어요. 제 계획을 말해보자면, 앞으로의 10년에는 『괴테 전집』을 완성해야 해서 다른 것은 들어갈 여력이 없습니다. 혼자서 『괴테 전집』을 모두 번역한다는 게 정말 쉽지 않을 일입니다만, 꼭 하고 싶고, 해야 될 이유들도 있습니다. 그것만은 꼭 마무리를 하고 싶습니다.

가끔씩 일하다가 틈이 나면 『서·동 시집』에 있는 좋은 구절들을 작은 종이에 적어뒀다가 저도 명심해서 보고, 어떤 기회가 있으면 사람들에게 주기도 합니다. 제게는 아주 중요한 만년필로 씁니다. 제가 아플 때, 중학생이던 딸이 제가 왜 아픈지를 짐작하고(제 일을 못해서 아픈 줄을 짐작하고), 눈이 몹시 내리는 날 자기의 전 재산을 찾아서 눈길을 헤치고 가서 사준 만년필입니다. 언젠가 딸이 준 몽당연필과 함께 정말 귀중한 재산입니다. 얼마 전에는 이 만년필로 이런 글귀를 적었습니다. 저를 지켜보시는 분들은 '나이들었으면 조용히 정리하고 편안히 살지 왜 이렇게 많은 일을 할까?', 이런 의문도 드실 수 있을 것 같은데요. 제가 나이가 들어서 이 일 저 일 하며 생각하는 것을 괴테가 딱 표현해준 그런 글이었습니다.

제가 소망하는 건 다만,

제 존재에 가치를 두는 참 많은

친구들에게 차후에도

기쁨이 되고 유익하게 살겠다는 것뿐,

더는 아무것도 없습니다.

괴테의 말입니다. 제 말 아니고요. 이 글을 읽었을 때, 마치 마음을 들킨 것 같았습니다. 스스로는 정리를 못 하는 말을 괴테가 이렇게 선명하게 정리해두었네요. 이제 와서 찾을 명리나 개인적 소망 같은 것은 없습니다. 『괴테 전집』은 혼자 읽기가 워낙 아까워서 좀 전하고 싶어서, 남겨두고 싶어서 무리하고 있고요. 아직 갈 길이 멀다보니 하늘에서 거기까지는 좀 봐주시면 좋을 것 같다는 생각도 듭니다.

무엇이든 귀하게 여기는 일

여기저기서 괴테에 대해 강연을 하다보면, 많은 분들이 어떻게 하면 바르게 살 수 있는지 제게 묻곤 합니다. 어떻게 해야 올바르게 살 수 있을까요? 사실 저

45

도 잘 몰라서 계속 연구하고 있습니다.

세상 사는 게 참 힘들지요. 힘들기는 한데, 가끔 창가에 서서 바깥을 내다보면 기분이 괜찮아지기도 하고, 굉장히 좋은 생각이 떠오르기도 하고, 행복감이 느껴지기도 합니다. 평범한 창가일 뿐인데 그렇습니다. 세상에 있는 많은 것들이 그런 것 같습니다. 예컨대 어떤 물건이 천원짜리인지, 만원짜리인지 모르겠습니다만 그냥 버리면 아무것도 아닌 것이 되지요. 그런데 그 물건에 어떤 사연이 쌓였을 때, 객관적으로 따지면 아무 값도 없는 물건에도 독특한 가치가 생기곤 합니다. 우리가 추억으로 간직하는 물건들이 대개 그런 거 아니겠어요?

좀더 나아가자면, 우리가 물건을 막 쓰고 버리다보면, 저는 사람도 귀하게 대하지 않을 것 같다는 생각이 듭니다. 우리가 사물을, 세계를, 그리고 내가 발 딛고 있는 주변을 귀하게 여기다보면 그것이 다시 나를 귀하게 만들고 내 삶을 건져올리는 데 도움이 되기도 하는 것 같습니다.

제가 이런 생각을 하다가 릴케에게서 "예술 사물"이라는 개념을 발견하고 깜짝 놀랐습니다. 예술 사물이

라는 개념이 뭔가 하면, 그냥 보통 사물입니다. "Ding/
thing"이에요. 그런데 우리가 여기에다 어떤 추억을 쌓
고 의미를 주고 소중하게 여길 때 이것은 굉장히 귀한
것이 됩니다. 귀한 물건이 되면, 다시 그 귀한 물건이
정말 톱니바퀴 하나 같은 나의 삶에다 소중한 의미를
줄 수도 있는 것 같습니다. 사람들은 보통 그런 작용
은 예술작품이나 하는 일이라고 생각을 하는데 그게
아닙니다. 일상의 사물이어도 우리가 어떤 의미를 부
여할 때, 조금 거창하게 얘기하자면, 그것이 내 존재의
구원마저 될 수 있다는 것입니다. 험하게 쓰고 함부로
버리고 도무지 귀한 것이라곤 없는, 단군 이래 가장 잘
살건만 아무도 행복하지 않은 이런 시대를 우리가 이
런 방법으로라도 조금 돌파해내야 되겠다는 생각이 듭
니다.

가장 중요한 것이 무엇이든 귀하게 여기는 게 아닐
까 싶어요. 그러다보면 결국 사람도 귀하게 여길 것이
고요. 다른 시절이나 다른 조건이었으면 매우 중요했
을 많은 가치들이 우리 시대에는 너무 하찮아졌습니
다. 그것들의 귀한 의미를 다시 생각해보고, 작게나마
뜻을 부여하고, 그 의미를 부여한 나도 다시 중요해지

는 심정적인 선순환 고리가 좀 이루어졌으면 합니다.

진정 풍요로워지는 길

남과 비교하는 마음에서 벗어나는 것도 중요하겠습니다. 옆사람이 하는 좋고 편해 보이는 일을 나도 해야 하고, 옆사람이 가진 좋은 것을 나도 가져야 하는 마음이라면 살아가기가 갑절로 고단해집니다. 둘러보면 누구는 유학 가고, 누구는 취직하고, 누구는 결혼하고, 누구는 차 사고, 누구는 집 사고 정신이 없지요. 누구는 부모를 잘 만나서, 혹은 운이 좋아서 일이 잘 되고, 누구는 운이 나빠서 또 안 되고, 이런 생각들을 많이 하지요. 나만 죄다 부족하고요. 그런 와중에 또 남은 불특정다수입니다. 남하고 나하고를 비교를 하면 백전백패예요. 천천히 오래 꾸준히 걸어가는 사람도 있고, 조금 빨리 가는 사람도 있고 다 그런 건데 너무 비교하지 말고 조금 여유를 가지고 긴 안목으로 나의 자긍심을 키워가며 살면 좋겠습니다. 단기간의 단면을 보면 세상은 너무도 불공정합니다만, 길게 봤을 때는 조금 다릅니다.

괴테도 괜히 미워하는 사람이 좀 있습니다. 부자인 것 같고, 잘난 것 같고 그래서요. 하지만 괜히 잘난 사람 미워하면 자기만 손해입니다. 저 사람은 어떻게 저렇게 할 수 있었을까를 좀 생각해보면 그 길을 따라갈 수도 있지요. 그냥 오는 좋은 일은 없습니다. 잘 준비하고, 기다리면 좋은 일과 마주칠 날이 올 것입니다. 괴테는 이렇게 말합니다. "준비하지 않고, 기다려내지 않고, 쟁취하지 않았던 좋은 것과 마주친 일은 나의 인생행로에는 없습니다."

운전을 할 때도 그렇잖아요. 앞차 꽁무니만 보고 가는 사람은 앞차가 틀리게 가면 큰일납니다. 저 역시 앞차만 보고 멍하게 가다가 목적지가 아닌 딴 데로 간 적이 있습니다. 그러면 안 되지요. 운전할 때도 100미터 정도는 멀리 내다보고, 교통 상황도 좀 파악하면서 가야 합니다. 운전 같은 기계적인 일조차도 그렇다는 말입니다. 삶에서는 아마 그런 게 조금 더 문제시되겠지요. 바로 옆에 사람이 금방 뭐 한 거, 이런 거 너무 구애받지 말기를 다시 또다시 바랍니다. 저 자신도 실천은 잘 못 합니다만 약간의 여유를 가지고, 무엇보다 남을 돌아보고 조금이나마 배려하고 베풀 수 있을 때 그게 결국엔 자기가 받는 것이더라고요. 세상에 받기만 하는 게 어떻게 있을 수가 있겠습니까. 이치에 맞지가 않지요. 베푼다는 게 굉장한 것이 아닙니다. 옆사람에게 조금 더 관심을 가질 때 사회가 그만큼 더 융화되는 것이고 작은 것이라도 누군가에게 나누어줄 때, 그리고 진정한 마음으로 사랑할 때 스스로가 오히려 풍요로워지는 것 같습니다.

괴테가 내리게 한 결론

그리고 마지막으로, 사랑에 대해 말하고 싶습니다. "리벤 벨렙트Lieben belebt." 한국어로 번역하자면 "사랑이 살린다"라는 뜻입니다. "belebt"는 죽어 있는 걸 살리는 것인데, 괴테의 그 많은 말 중에서 단 두 단어인 이 문장이 참 중요해 보여 제가 자주 이야기합니다. 그 방대한 『파우스트』를 다 읽은 후에 결국 남는 것도 사랑이란 단어입니다. 독일 사람들이 공자를 번역할 때 인仁을 사랑이라고 번역하더라고요. 깜짝 놀랐습니다. 그래서 다른 단어가 없을까 하고 제가 열심히 생각해봤는데, 또 『논어』도 다시 읽어보았는데 정말 사랑임이

틀림없더라고요. 공자님 자신도 '사람 사랑'이라 하시더군요.

사랑이라는 것은 한마디로 정의되는 단어가 아닙니다. 우리가 가장 아름다운 것에 붙여주고 싶은 이름이 아닌가, 그런 생각을 해봅니다. 모든 종교의 복음은 자비, 사랑이지요. 기독교의 사랑은 말할 필요도 없고요. 그 어떤 종교도 사랑 이상의 단어를 아직 고안해내지 못한 것 같습니다. 사랑에는 여러 가지 세속적인 것도 있고, 소소한 것도 있겠지만 인간이 생각하는 가장 좋은 것에다 붙인 이름일 것 같다는 생각이 괴테가 저에게 내리게 한 결론입니다.

사람의 거처는
인생의 절반이다

　괴테는 처음 자립한 이후 바이마르의 정원집Garten-
haus에서 6년간 살았습니다. 작고 아담한 집이지요. 정
원집은 괴테의 홀로서기가 처음으로 시작되는 집이라
고 할 수 있습니다. 평민인 젊은이가 낯선 바이마르에
와서 이 작은 곳에서, 귀족들 사이에서, 왕의 친구이
자 첫째 신하로 쉽지 않았을 텐데 그런 가운데서도 자
신의 삶을 일구어가는 곳이어서 중요한 의미가 있습니
다. 그 이름에서도 알 수 있듯 정원집은 뜰이 한껏 아
름답습니다. 언젠가는 한켠에 쓰러진 보리수 고목이
그 어느 보리수나무보다 꽃을 더 많이 피우고 있었습

니다. 시련은 더 크게 꽃을 피우기도 하는 모양입니다.

후에 오래 산 바이마르 괴테하우스는 아우구스트 대공이 하사한 집으로, 당시 괴테의 직책에 걸맞은 큰 집이었습니다. 인생의 터를 잡을 수 있었던 정원집 다음으로 살았던 집이지요. 괴테는 그곳에서 죽을 때까지 살았습니다. 그렇게 26세에 그냥 한번 와본다고 바이마르에 와서 82세까지, 평생 바이마르에서 살게 됩니다.

괴테는 괴테하우스의 수리를 직접 했는데, 수리하는 데 큰 도움을 받은 사람이 있습니다. 바로 로마에서 만난 요한 하인리히 마이어라는 스위스인 화가인데요. 괴테가 그를 바이마르로 초대해서 바이마르에 오게 된 마이어는 이후 거의 평생을 같이 지내게 됩니다. 그러면서 그 집을 만드는 데 결정적으로 공헌을 하고 관리를 하고 그랬는데요. 그래서 그냥 마이어 씨라고 안 부르고 '쿤쉬트 마이어'라고 불렀습니다. 쿤스트Kunst는 독일어로 예술이라는 단어인데, 쿤스트를 스위스 사람들은 '쿤쉬트'라고 발음하거든요. 괴테가 쿤쉬트 마이어에게 보낸 편지에 나오는 글 중 하나가 바이마르 괴테하우스 홈페이지에 인용이 되어 있습니다. 바로 "사람의 거처는 인생의 절반이다"라는 문장입니다.

왜 이렇게까지 이야기했을까를 생각하며, 괴테의 집을 다시 떠올려봅니다. 처음 그곳에 가서 참 놀랐었는데요, 당연한 말일 수도 있지만 제가 그 집에서 본 것은 괴테 그 자체였습니다. 그의 인생과 세계관과 예술관이 그대로 반영되어 있었습니다. 정말 건물 전체에 녹아 있더라고요.

정문을 열고 들어가면 제일 먼저 계단이 있는데, 굉장히 넓고 나직합니다. 그 넉넉한 느낌의 계단을 올라가면 방문이 나오는데, 방문 앞 마루바닥에 이렇게 쓰여 있습니다. 'Salve.' '평안'이란 뜻입니다. 문을 열고 방으로 들어가보면, 우선 방마다 색이 다른데, 괴테의 색채론이 그대로 반영되어 있습니다. 멘델스존이 치던 피아노도 남아 있고, 괴테는 행동을 참 중시해서 '행동의 인간Tatmensch'이라고도 불렸는데 테이블 위에는 행동의 결정체인 작은 니케상도 놓여 있고, 또 그 끝방에는 우르비노 공작이라는 아주 섬세한 인물의 그림이 붙어 있는데 극작품 『타소Torquato Tasso』의 모델이 된 사람입니다.

하나하나가 다 흥미롭습니다. 괴테의 서재에는 평생을 거친 연구의 흔적이 다 보이는데, 예를 들면『파우스트』를 60년을 쓰고도 이해받지 못할 것이라고 생각해서 봉인해넣은 그 장롱도 있습니다. 창문에는 유리창 바깥으로 나무로 된 덧문이 있는데, 그중 하나에는 작고 동그란 구멍이 뚫려 있어서 덧문을 닫으면 그 구멍으로만 빛이 들어와 그 빛을 늘 관찰할 수 있었지요. 이 구멍이 색채론 연구에 큰 도움이 되었습니다. 한쪽에는 평생 모은 18000종이나 되는 광물 표본이 잔뜩 있고, 또 서재 앞쪽에는 7000여 권의 책이 들어 있던(지금은 도서관으로 옮겼습니다) 서고가 있습니다.

서재 옆에는 괴테의 침실이 있는데, 그 옆에 있는 하인의 방보다 작습니다. 건물의 전면은 자기를 좀 내보이는 공간으로 구성됐는데, 거기에 있는 '다리방'이라는 방에는 아주 중요한 조각작품들이 모아두어서 예술의 어떤 집약적인 면을 볼 수 있습니다. 그 작품들을 거쳐서 서서히 내려가 쭉 걸으면 넓은 뜰로 나갈 수 있고요. 작은 디테일에서나 큰 스케일에서나 괴테의 인생 면면을 담았다는 생각이 듭니다. 첫 집이었던, 작은 정원집에서는 인생의 첫 설계를 하고, 큰 괴테하우스에서는 한껏 펼쳐진 괴테의 모습이 완연하게 보입니다.

나만을 위한 공간

세계는 저에게 있어서 도서관의 '망'입니다. 어디든 제가 가서 앉아 있는 도서관이 있고, 또 가끔씩 어떤 집들에서 살게 되는데, 그 집들에서는 그 집들의 이야기가 그 주인과 얼마만큼씩 다 연결되고, 또 그 연결이 주는 압도적인 느낌 때문에 거기서 또 글이 쓰이기도 했습니다. 인생의 지도에서 불이 켜지듯이, 세계 여기저기에서 작은 방들에 불이 켜집니다.

왜 그 방들이 그렇게 소중하게 느껴졌을까 생각해보았습니다. 단지 일상생활 속이 아니고 어딘가로 떠나서, 오로지 나만을 위해서 생각하고 느끼고 쓸 수 있던 공간이었습니다. 그래서 그 시간과 공간이 너무도 소중했습니다. 그렇게 빛나는 장소들이 있어서 어떤 삶의 토대가 단단히 놓일 수 있지 않았나, 이런 생각마저 하곤 합니다. 이렇게 도서관 자리들과 더불어 살았던 방들이 쭉 그야말로 주마등처럼 스쳐갑니다.

바이마르는 독일 고전주의 문화의 중심입니다. 많은 사람들이 바이마르에 연고를 갖고 싶어했는데, 니체의 경우에는 그의 여동생이 이미 병든 그를 바이마르까지 데리고 와서 3년을 살다 사망하기도 했습니다. 당시 니체가 살던 집이 지금은 박물관입니다만, 학자들을 위한 숙소로 쓰이기도 해서 거기서 두 차례에 걸쳐 각각 두 달, 한 달 동안 산 적이 있는데요. 좀 높은 곳에 위치해서 바이마르 분지가 내다보이고, 또 엄청난 노을이 아침저녁으로 보였습니다. 그곳에서 니체가 봤을 서광을 떠올리기도 하고, 왠지 광인이 되었던 니체의 비명소리가 들려오는 듯도 했으며, 그러면서 니체를 다시 새롭게 읽었던 것도 떠오르네요.

머릿속에 많은 방들이 지나갑니다. 괴테가 공원을 만들었던 벨베데레성에는 정원사의 집이 있는데 이곳 역시 학자들의 숙소로 쓰였습니다. 그 집에서도 머물렀던 적이 있는데, 그곳의 정원은 부분 부분이 다채롭고 아기자기하기도 합니다만 서서히, 경계 없이 드넓은 자연으로 옮겨가는 정원입니다. 그 깜깜한 길로 숲과 도서관을 오가며 책이 쓰이기도 했습니다. 너무도 아름다워서 아마 그 모습이 제 몸에 배었던 것 같고, 그래서 괴테마을도 여백서원도 그 정원을 많이 참고하게 되었습니다.

여백서원을 짓고 가장 먼저 만든 시설의 중 하나가 '우정友亭', 즉 '친구의 집'입니다. 제게 외국에서 그런 기회가 있었을 때 그토록 기뻤으니, 이제는 우리도 받기만 할 때는 지났으므로 외국인들에게 비슷한 경험을 제공하고 싶었습니다. 우정을 지은 이야기도 참 재밌는데요. 제가 돈이 있을 리 없지만 꼭 짓고 싶어서 고춧대 네 개를 집 크기만큼 박아놓고 고추밭을 만들고 나서 벗 우자, 밭 전자, 우전友田이라고 돌멩이에 새겨서 놔뒀습니다. 그러고 몇 년이 지났는데, 그걸 본 누군가의 도움으로 너무나 아름다운 일인용 한옥이 지어졌습니다. 참으로 기적이고 또한 감사한 일입니다.

그래서 지금도 수많은 외국 각지의 예술가들이 와서 한두 달 동안 집필을 하고 그림도 그리고 합니다. 요즘같이 모든 게 급속하게 돌아가는 세태 속에서 두어 달 오로지 자기 자신만을 위해서 살 수 있다는 건 엄청난 기회잖아요. 그래서 오시는 분들은 모두 극렬 친한파가 되곤 합니다. 화가들은 그림을 그려서 전시를 하고 가고, 작가들은 낭독회를 하고 갑니다. 거기에 머무

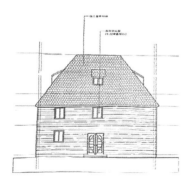

는 사람의 의무라고는 방명록 한 번 쓰는 것밖에 없습니다. 벌써 방명록이 한 권이 다 찼네요. 최근에도 우정에서 두 달간 머물면서 그림을 그리고 전시를 하고 갔던 프라이부르크 출신 화가가 소식을 전해왔는데, 여러 해가 지났음에도 잊지 않고 연락을 주었습니다.

얼마 전 독일 학생들이 수학여행을 왔었는데, 바로 그 화가의 제자들이었습니다. 이번에는 괴테마을에 독일의 것들 본떠 새로 지은 정원집, 즉 청년 괴테가 세상에서 첫 홀로서기의 6, 7년을 보낸 집에서 묵었는데요. 그런 의미가 깃든 집에 독일의 젊은이들이 맨 먼저 찾아오니 정말 기뻤습니다. 얼마나 예의바르고, 척척 알아서 할일을 나누어 잘해내는지, 절정의 무더위 속에서 어쩌면 그렇게들 잘 지내고 뒷정리까지 완벽하게 하고 떠났는지 뒷수발할 부담이라곤 느껴지지 않았습니다. 한국음식이 참 맛있다고 여기가 바로 쉴랄라펜란트Schlaraffenland(통닭구이가 날아다니다 입에 떨어지는, 동화 속에 나오는 게으름뱅이들의 천국입니다)라고 해서 웃기도 하고요. 학생들은 여백서원과 괴테마을을 두루 둘러보고 맨 마지막에는 모두 10년 후의 자신에게 보내는 편지를 써서 맡겨놓고 떠났습니다. 10년 뒤에 찾으러 오겠다면서요. 이렇게 동서교섭사의 작은 역사가 여기서 쓰이고 있습니다.

아주 오래된 꿈

저에게는 거처 하나가 주는 안정감이, 그리고 그 거처에서 몰두해서 일할 수 있었던 행복감의 기억이 정말 컸습니다. 참 소중한 시간이었고, 제 인생의 빛이 나는 점점이었기 때문에 그런 기회도 꼭 나누고 싶었습니다. 방 하나 귀하지요. 제가 어떻게 여백서원을 세웠는지 이야기할 때 늘 첫 부분에 하는 얘기입니다. 좋은 직장에 있었지만 제 글 쓸 시간이 없어서 많이 불행했습니다. 그냥 아무 데서나 글 쓰면 되지 않느냐, 이야기들 하지만 그렇지 않더라고요. 조금 차단된 나만의 공간이 필요한데 그게 좁은 주거 환경 속에서 있기 어렵고, 부엌 옆에 조그만 공간도 만들어보고 여러 가지를 해봤습니다만 잘 안 됐어요. 그러다 누군가가 폐옥 하나를 낯선 곳에 구해줬습니다. 정말 월세 조금 더 되는 돈으로 구한 그 낡은 집의 다락방은 저 자신만의 삶이 다시 시작되는 계기였기 때문에 너무나 소중했습니다. 난방도 안 되는 낡은 방이었음에도 밤 열두시건 한시건 두시건 몸만 빼면 차로 100킬로미터를 달려가서 글을 조금 쓰고 다시 100킬로미터를 달려 돌아오고 이렇게 여러 해를 지냈습니다. 정말 세계가 열려오는 듯했어요. 그 이후로 서원을 짓기 전까지 그 낡은 집에서 내내 지냈습니다. 그런 행운이 언제나 주어지지는 않지만, 오랫동안 간절했던 탓에 어찌어찌 생기지 않았나 싶어요. 나중에 그 방에서 쓰인 글들을 돌아보니, 정말 그 방이 없었다면 쓰이지 못했을 것이라는 생각이 들었습니다.

오롯이 내가 나를 들여다보고, 나와 마주하고, 내 글을 쓸 수 있는 공간. 밤중에 어렵게 두세 시간이나마 내어 글을 쓸 수 있는 공간을 확보한 것이 제 인생의 큰 전환점이 되었습니다. 아마 그런 경험 때문에 서원도 짓게 된 것 같습니다. 그런 방 하나가 그토록 절실한 사람이 나 말고도 많겠다 싶어서요. 그 어렵게 얻은 폐옥을 잃어버리면 어쩌나 하는 불안감에 분수에 없는 땅을 사게 되고, 빚더미 위에 올라앉아 있다가 마침내 빚을 갚고 나니까 생각하게 됐어요. 이 넓은 땅을 나 혼자 쓸 수 없으니 공동체 공간을 생각했고, 지을 돈이 없으니 서울 학교 옆의 작은 아파트 전세금을 빼서 여백서원을 짓고 나서 서울까지 출퇴근했습니다. 그리고 이제는 조금 더 넓은 공동체를 위한 공간들을 생각하고 있습니다. 그것이 괴테마을입니다. 특히나 젊은 사람들에게 보여주고 싶어서 온갖 무리를 다 하면서 만들어가고 있습니다. 작은 내 방 한 칸이라는 절실한 오랜 꿈 하나를 꼭 붙들고 와서 여러 사람을 위해 펼치며 만들어지고 있는 시설입니다. 잘 만들어 오랫동안 잘 쓰이면 좋겠습니다.

2장

"한 권의 책은

우리 안의 얼어붙은

바다를 깨는

도끼여야 한다."

사랑의 교과서,
『서·동 시집』

『서·동 시집』은 노년의 괴테가 14세기 페르시아 시인 하피스의 『디반』을 읽고 큰 자극을 받아 다시 한 번 시심이 활짝 열려서 쓴 시집입니다. 괴테는 평생에 걸쳐 시를 썼지만, 이토록 공들여 만든 시집은 『서·동 시집』뿐입니다. 독일어로는 'West-östlicher Divan'인데 'West-östlicher'는 '서·동'이고, 'Divan'이라는 단어는 페르시아어 'dīvān'으로 '시집, 모음집'이라는 뜻입니다.

1814년에 하피스의 『디반』을 독일어로 옮긴 책이 괴테의 수중에 들어와서 읽게 되었는데, 이후 1814~1815년에 쓰인 시들을 모아 70세이던 1819년에 『서·동

시집』을 펴냈습니다. 그리고 8년 후에 다시 43편을 더해서 증보판을 펴냈는데, 이 시집의 독특한 점은 이름이 시집인데 시가 절반, 산문이 절반 정도라는 것입니다. 시는 열두 묶음으로 되어 있고, 그다음에 '보다 나은 이해를 위하여'라는 제목의 산문이 들어 있습니다. '보다 나은 이해를 위하여'라고 하니 마치 시 해설처럼 들리지만 그렇지는 않고, 오리엔트에 대한 선구적인 동시에 아주 깊은 연구의 결과물입니다. 하피스의 시를 읽음으로써 『서·동 시집』이 촉발된 것에 그치지 않고, 괴테는 오리엔트에 대한 공부를 이어갔습니다. 이 책이 나왔던 당시에도 반향이 컸지만 오히려 시간이 지날수록 더욱 주목받는 시집입니다.

짧은 구절들을 잠깐 인용해보겠습니다.

찬란하여라, 지중해 너머로
밀려들어오는 오리엔트
오직 하피스를 알고 사랑하는 사람만이
안다, 칼데론이 노래한 것을.

칼데론은 스페인 시인입니다. 저 먼 곳의 시인들을

이해할 때 가까이 있는 우리 것을 좀더 잘 알 수 있다는 내용이 시구에 담겨 있습니다. 괴테의 "열려 있음"을 실감해볼 수 있는 구절이기도 합니다. 좀더 예를 들자면 이렇습니다. "이슬람의 뜻이 '신에의 귀의'라면 이슬람 가운데서 살고 또 죽는다, 우리 모두가." 무신론자라는 것도 어마어마하게 비난이 되던 기독교 사회에서 쓰인 글입니다. 괴테가 얼마나 열려 있었는지를 알 수 있지요. 한껏 열려서 동양과 서양이 만나기를 바라는 마음이 구절구절에 배어 있습니다.

자기 자신과 남들을 환히 아는 사람
여기서도 알게 되리
오리엔트와 옥시덴트가
이제는 갈라질 수 없음을.

이 시집에는 사연도 참 많은데, 괴테가 1814년에 오랜만에 고향인 프랑크푸르트로 가서 은행가인 빌레머 씨의 집에 머물렀다가 마리아네를 만나 예술의 꽃을 피우는 이야기가 특히 유명합니다. 저도 『서·동 시집』에 대해 언급할 때마다 꼭 하는 이야기지요. 마리

Hihmet - Nameh.

Buch der Sprüche.

아네는 하피스의 책을 괴테와 함께 읽고 서로 공감하여 하피스의 시행을 인용하며 마음을 대신하는 글을 주고받기도 했습니다. 그래서 『서·동 시집』의 '줄라이카의 서'라는 묶음에 마리아네와 연관된 글들이 많습니다. 심지어 마리아네가 쓴 시도 몇 편이나 들어 있습니다. 마리아네가 썼다는 말 없이 말입니다. 『서·동 시집』이 출판되어 널리 읽히면서 사람들은 당연히 줄라이카가 누구인지 많이 궁금해했습니다. 마리아네는 지인의 양녀였다가 결국 아내가 된 사람인데, 그 집에 두 번 머물고 떠난 이후 1815년에 헤어지고 1832년 죽기까지 다시는 만나지 않았습니다. 편지는 조금 오갔고요. 괴테는 주로 가족에게나 편지를 쓰는 편이었고, 마리아네에게서 온 편지는 괴테가 죽음을 앞두고 고이 묶어서 다시 돌려주었습니다. 우리가 살았다는 증거라며 말입니다.

마리아네에 관한 이야기는 오랫동안 알려지지 않았습니다. 세월이 많이 지난 후 괴테의 아내가 죽고, 괴테가 죽고, 빌레머 씨도 죽고 관련자들이 다 죽은 40여 년쯤 뒤에 독문학을 하는 청년 하나가 마리아네를 찾아옵니다. 마리아네는 그 청년에게 처음으로 자신이

줄라이카라는 사실을 털어놓습니다. 그 젊은 청년이
그림 형제 중의 동생인 빌헬름 그림입니다.

"어떻게 내가 그 단어를 이해할 것을 알았나요?"

『서·동 시집』을 번역하려니, 처음에는 모든 게 너무
낯설었습니다. 하피스라는 이름도 그때 처음 들어봤고
요. 그러던 어느 날 한 잡지를 보다가 우연히 하버드대
학교 도서관에 하피스의 『디반』이 있다는 걸 알게 되
었습니다. 그걸 한 번 보기 위해 보스턴까지 달려갔고,
그것을 시작으로 어마어마하게 다녔습니다. 좀더 잘 번
역해보고 싶은 마음에 파르살루스 벌판도 바라보고,
그리스의 온갖 유적지들도 돌아봤습니다. 프라이부르
크나 바이마르 등지의 고문서실에서 대출이 안 되는
귀중본들, 괴테도 읽었던 오리엔트 관련 도서들을 읽
느라 많은 시간을 보냈습니다.

그러다가 괴테 탄생 250주년인 1999년에 뒤셀도르
프의 괴테 박물관의 초청을 받아 독일에서 처음으로
강연을 하게 되었는데, 거기서 큰 인연을 만났습니다.
무척 떨며 강연을 마쳤는데, 어떤 분이 꼭 자기 집에

와서 자고 가라는 바람에 그 댁에 가서 하룻밤을 자게 되었지요. 그러지 않을 수 없었던 것이, 호텔에 돌아왔더니 엄청난 쟁반에 과일을 담아두고 쪽지에 우리집에 와서 하루 자고 가라고 써서 보냈더라고요.

이분들이 제가 큰 은인이라고 늘 이야기하는 홀레 씨 내외입니다. 사실 홀레 씨는 기차 안에서 우연히 만난 인연이 있었습니다. 프랑크푸르트공항에 도착하기 직전에 옆에 앉은 한 여성이 비행기를 놓칠까봐 걱정하기에 제가 뭔가 위로를 했는데, 그분이 내리고 나서 맞은편에 앉아 계시던 분이 느닷없이 저에게 "프랑크푸르트에 내리거든 '히르쉬그라벤Hirschgraben'에 가보시죠"라고 말했습니다. 저는 깜짝 놀라서 말했습니다.

"어떻게 내가 그 단어를 이해할 것이라는 것을 알았나요?"

히르쉬그라벤은 프랑크푸르트 괴테 생가의 주소거든요. 제가 그 여성과 나눈 몇 마디를 유심히 듣고 제가 그 정도는 이해할 거라고 생각했던 것 같습니다. 너무나 놀라웠습니다. 그런데 그분의 아내가 제 강연을 들으러 오신 겁니다. 그렇게 아주 귀한 분들을 알게 되었습니다. 아무튼 그 댁에 가서 손님방에 들어섰더니 괴테의 『서·동 시집』 1819년 초판본이 책상에 펼쳐져 놓여 있었습니다. 읽어야지요. 그러느라고 어렵사리 하룻밤을 자러 간 사람이 열하룻밤을 자고 왔습니다.

홀레 씨는 얼마 지나지 않아 돌아가셨고, 사모님도 나중에 돌아가셨는데 1999년부터 2022년 12월까지 1년에 두어 차례씩 제가 관심을 가질 만한 신문 기사들을 모아서 커다란 서류봉투에 넣어 보내주시곤 했습니다. 그리고 그때 제가 댁에서 본 귀한 『서·동 시집』 초판본도, 자녀들 대신 저에게 물려주신 그 밖의 귀한 책들도 여백서원에 옮겨와서 잘 보관되어 있습니다. 250여 권의 그 귀중본들은 제가 여백서원을 세운 또하나의 이유이기도 합니다. 개인적으로 잊을 수 없는 분이기도 하지만, 정말 삶과 예술에 대해 많은 것을 생각하게 하는 분들입니다.

책 한 권이 펼쳐준 세계

『서·동 시집』을 읽는 일은 저에게 하나의 세계가 열리는 일이었습니다. 고단하게 여기저기 다녔고 여러 해 동안 공부도 했지만 인도와 유럽 사이 공간의 거의 완전히 백지였습니다. 그런 곳이, 하나의 세계가 열려와서, 저는 마치 독일까지 걸어갔다가 오리엔트를 거쳐서 저 자신에게로 돌아온 이런 느낌이 들었어요. 주옥같은 시들이 많지만, 그중 널리 읽히는 시 한 편으로 마무리하겠습니다. 네, 말 그대로 사랑의 교과서입니다.

교과서

책들 중에서 가장 신기한 책은

사랑의 책

주의 기울여 읽어봤더니

기쁨은 몇 쪽 안 되고

책 전체가 괴로움

한 단락은 헤어짐이더라.

재회—짧은 한 장,

맺지도 못했더라! 여러 권의 근심,

설명에 설명으로 길어지더라

끝도 없이, 한도 없이.

오 니자미여!—하지만 끝에 가서는

그대 바른길을 찾아냈지

풀릴 수 없는 것, 그걸 누가 풀까?

사랑하는 이들이 서로 다시 만나며 풀지.

삶에는 여러 길이 있다: 그림 형제

괴테는 라이프치히대학교에 입학했지만 청년 괴테가 쓴 글은 좋은 평가를 받지 못했고, 원고를 모조리 태워버린 뒤 요양하다가 다시 스트라스부르크대학교에 진학합니다. 지금은 프랑스에 속해 있어 스트라스부르라고 불리는 지역이지요. 거기서 법학박사 학위를 받고 젊은 변호사로 귀향하는데, 어찌됐건 그곳에 있는 동안 여러 가지 분야를 공부를 했습니다. 심지어 해부학도 아주 열중해서 공부했어요. 나중에 괴테가 다양한 분야의 학자가 된 데에 큰 영향을 주었을 것입니다.

그렇게 이것저것 공부하고 다양한 유형의 사람들을

만났는데, 그중 헤르더가 있었습니다. 헤르더는 감리교 목사인데 아주 열정적이고 그 당시에 이미 문단에서 평론가로서의 중요한 지위가 있는 인물이었습니다. 괴테는 아직 대학 신입생이고요. 둘은 곧 가까워졌는데, 헤르더는 굉장히 시니컬한 사람이어서 괴테가 좀 부잣집 아들이고 하니까 괜스레 늘 쿡쿡 찌르고, 이름을 가지고 놀리는 등 그를 마뜩잖아 한 여러 가지 일화가 알려져 있습니다. 그렇게 헤르더와의 관계에서 어려움을 겪었음에도, 괴테는 그에게서 참 많은 영향을 받았습니다.

헤르더는 일찍이 민요를 굉장히 중요하게 생각했습니다. 그래서 각국의 글을 수집해서 『민요』라는 책도 내고 『언어의 기원』과 같은 책도 내는 등 민중의 언어에 큰 관심을 가진 사람이었지요. 굉장히 낯선 일이었습니다. 당시에는 지식인들이 보통 그리스 로마 고전을 주로 읽었고, 게다가 아주 유미적인 흐름이 있었으니 이런 판에 민중의 목소리를 생각한다는 것 자체가 굉장히 획기적인 것이었습니다.

그런데 그 『민요』라는 책은 헤르더가 세상에 이미 인쇄되어 출간되어 있는 여러 가지 책을 모아서 만든 거였어요. 심지어는 셰익스피어의 『맥베스』의 한 장면도 들어가 있습니다. 굉장히 잡탕 같은 책이었지요. 그런데 그 이야기를 듣고 괴테의 귀가 번쩍했어요. 민요라는 이 낮은, 하층의 글이 문학이 된다는 생각을 전혀 못 했던 것이지요. 헤르더는 그렇게 인쇄된 걸 수집해서 모았는데, 그 말을 들은 괴테는 당장 알자스 시골의 들판으로 달려나가서 할머니들한테서 민요를 바로 채록하기 시작했습니다. 채록한 가사에다 피아노를 치는 누이와 함께 그 멜로디의 기억을 복원하여 악보로도 남겨두었습니다. 괴테가 이십대 초반이던 시절의 이야기입니다. 그때 수집한 열두 편의 민요가 아직도 뒤셀도르프 괴테 박물관에 보관되어 있습니다.

요즘은 당연하게 생각되는 방법입니다만, 당시에는 직접 할머니들을 찾아가 민요를 채록한다는 발상은 아무도 하지 못했습니다. 아무도 그런 생각을 못한 시절에 괴테는 살아 숨쉬는 민요를 할머니들의 입에서 가져와 연구했고, 곧 자신도 그 민요와 유사하게 삶에서 우러난, 그러나 민요처럼 거칠지는 않고 자기만의 무엇인가가 더해진 글을 쓰게 됩니다.

『그림 동화』와 『파우스트』

조금 나중에 이런 일을 하는 사람들이 또 나타났습니다. 바로 동화 작가로 널리 알려진 그림 형제입니다. 당시의 사회적인 배경과 함께 생각해야 하는 문제인데, 프랑스에서 혁명이 일어났던 시절의 이야기입니다. 독일에서도 혁명이 일어났는데, 한 번도 성공하지 못해서 독일 지식인들은 정치적으로 억압당했고, 그들의 자유에의 욕구를 분출할 길이 없어 상당히 부글부글 끓고 있었습니다.

당연하게도 이런 시절에는 지식인들의 고민이 깊어지지요. 무엇을 할 것인가. 그래서 야콥 그림과 빌헬름 그림, 이 형제가 한 생각은 '민담 수집'이었습니다. 그래서 정말 열심히 이야기를 모읍니다. 그 엄청나게 많은 이야기들이 모여서 『그림 동화』의 토대가 되었습니다. 그림 형제는 민담을 수집하는 것에 그치지 않고, 또 사전을 만들기 위해 여러 지방에서 쓰이는 독일어 단어를 모았습니다. 그림 형제가 만든 사전은 지금도 아주 중요한 사전입니다. 서른두 권에 달하는 방대한 사전인데 그림 형제가 'A'에서 'D'까지 수집했고, 그다음은 120여 년을 두고 후학들이 수집해서 완성했습니다.

『그림 동화』는 1812년에 처음 나왔습니다. 괴테는 그 책이 아직 출간되지 않았던 당시에 이미 오토 룽에라는 사람을 통해 그 이야기를 전해듣고 동화 한 편을 작품에 인용합니다. 바로 『파우스트』에 기가 막히게 인용하지요.

『그림 동화』 중에는 노간주나무에 관한 동화가 있습니다. 아주 잔인하고 독일 사람들이 보기에도 잘 이해가 안 되는 사투리로 쓰인 긴 동화인데, 계모가 아들을 죽여서 아버지 밥상에 올리는 얘기입니다. 근데 거기에 여러 번 나오는 노래가 있습니다. 죽은 아이의 뼈를 여동생이 주워다가 노간주나무 밑에 묻었더니 새가 되어서 날아갔다는 내용으로, 새가 된 죽은 아이가 늘 부르는 노래인데 이렇게 잔인하게 시작되지요.

"우리 엄마 날 죽였어. 우리 아빠 날 먹었어."

『파우스트』 1부 마지막 장면이 자기 아이를 죽이고 감옥에 갇힌 그레트헨이 그 노래를 부르는 것으로 시작됩니다. 그런데 아이를 죽인 당사자인 그레트헨이 그 노래를 부릅니다. 너무나 큰 고통을 겪은 그레트헨은 정신이 나가서 죽은 아이가 자기에게 노래를 한다고 생각하는 것이지요.

"우리 엄마 날 죽였어. 우리 아빠 날 먹었어."

정말 애간장이 끊기는 느낌이 들게 하는, 매우 비극적인 장면입니다.

괴테가 민요를 수집한 것은 1770년대 초반이고 그림 형제의 책은 1812년에 나왔는데, 『그림 동화』에 실려 있는 노래 한 편이 『파우스트』에서 극적인 효과를 내면서 쓰이고 있는 걸 보면 처음 민요를 수집하러 달려나갔던 그 호기심 어린 행동과 함께 그것에 대한 꾸준한 관심이 새삼 대단해 보입니다. 독일 민요만이 아니고, 세르비아 민요나 인도설화 등도 꾸준히 바라보면서 오랜 세월 품고 있다가, 어떤 것은 40여 년을 들고 있다가 시로 만들기도 했지요.

시간이 가도 오래 남아 있는 이야기들

괴테는 이전까지 좀 촌스러운 문학으로 여겨지던 독일문학을 세계문학의 반열에 올린 사람입니다. 그림 형제는 독일문학의 기초를 만든 사람들이고요. 프랑스혁명 이후의 굉장히 어수선했던 격동기를 괴테와 그림 형제는 깊이 있는 활동으로 극복해냈습니다.

괴테는 이야기하곤 했습니다. 프랑스혁명 이후의 나날은 단 하루도 그 영향에서 벗어난 적이 없었다고요. 지식인들이 엄청난 탐구심으로 해나간 일들이 한 시대를 만들었고, 그것이야말로 시대에 맞선 그들의 진지한 대응 방식이었습니다. 그 대응 방식이 치열했음을 그들이 남긴 큰 업적에서 읽어낼 수 있습니다. 그림 형제와 괴테가 직접 만난 적은 없었습니다. 괴테가 그들의 이야기를 많이 전해듣기는 했지만요. 그런데 사후에야 직접 얽히게 되는 부분도 있습니다. 후에 『서·동 시집』의 '줄라이카'로 알려지는 마리아네라는 사람과 연결되어서 말입니다.

『그림 동화』는 독일에서 지금도 성서 다음으로 많이 읽힌다는 책입니다. 천천히 읽다보면 정말 철학과 신앙과 학문과 함께 사람의 살아가는 도리가 자연스럽게 녹아 있는 것을 금세 알아차릴 수 있습니다. 민중의 언어로 쓰였기에 가능한 일이 아닐까 싶습니다. 알고 보면 우리가 아는 동화의 대부분이 『그림 동화』라고 해도 과언이 아닙니다. 지나치게 윤색되고 각색되지 않은 원형 그대로의 『그림 동화』는 어른들이 읽어도 참 많은 생각을 하게 합니다. 이야기 자체가 재미있기도 하지만 고고한 철학과 예술, 종교, 윤리와 같은 것들을 소박한 민중의 언어로 담아냈어요. 시간이 가도 오래 남아 있을 이야기들입니다. 저로 하여금 『그림 동화』를 번역하게 만든 메설리 교수는 이렇게 말합니다. 동화를 하루에 한 편씩 읽어야 한다고요. 그 자신도 평생 동화를 연구해왔으면서 아직도 하루 한 편씩 꼭 읽는다고 합니다.

저는 종종 생각합니다. 그림 형제나 괴테와 같은 사람들이 혁명 투사로 나섰으면 어땠을까 하고요. 그러나 아무도 대단하다고 생각하지 않았던 동화나 민요에 깊은 관심을 기울이고, 철저하게 수집하고, 연구했던 사람들이 있기 때문에 이토록 귀중한 인류의 보물들이 간직될 수 있었다는 생각도 듭니다. 그런 이들이 자국의 민족문학을 세계문학의 반열에 올려놓기도 했고요. 삶에는 여러 가지 길이 있는 것 같습니다.

막막하고 출구가 없을 때:
프란츠 카프카

"한 권의 책은 우리 안의 얼어붙은 바다를 깨는 도끼여야 해."

근래에 잘 알려진 이 말은 프란츠 카프카가 친구인 오스카 폴락에게 보내는 편지 중 일부입니다. 카프카의 글은 제가 세상에 나와 본 글들 중에 가장 공든 글 중 하나입니다. 단어 하나, 쉼표 하나, 마침표 하나에도 어마어마한 무게가 실려서 글자 그대로 번역할 수밖에 없습니다. 조금 부드럽게 고칠 수 있었겠지만 부러 그러지 않았습니다.

예컨대 『변신』의 첫 문장은 "그레고르 잠자는 어느

날 아침 깨어보니 벌레로 변해 있었다"라고 번역하면 편하게 읽힙니다. 하지만 그렇게 하지 않고, "그레고르 잠자는 어느 날 아침 불안한 꿈에서 깨어났을 때, 자신이 잠자리 속에서 한 마리 흉측한 해충으로 변해 있음을 발견했다"라고 번역했습니다. 영어로 표현한다면, "He finds himself"거든요. 그래서 사실은 "변해 있었다"라고 해도 좋지만, 거의 글자 그대로 번역을 했습니다. 너무 부드럽게 풀지 않고요.

카프카는 프라하에서 태어나고 자란 사람인데, 왜 체코어가 아닌 독일어로 글을 썼을까 궁금해하실 것 같습니다. 제1차세계대전 말까지는 체코 전체가 합스부르크 왕가의 왕령이었습니다. 그래서 독일어가 쓰이기는 했는데(체코어도 민중언어로 물론 쓰이고요), 프라하 시의 옛 시청이 있는 구시가 광장을 에워싼 곳에 사는 프라하시 인구의 한 십 분의 일 정도가 독일어를 쓰는 상류층이었습니다. 여러 의미에서 사회적으로 활동하는 사람들이 여기에 모여 살았는데, 카프카는 힘겹게 자수성가한, 그래서 아이들 돌볼 시간은 없었던 아버지 덕에 여기에서 태어나서 시청 뒷집, 앞집, 또 부근의 이 집 저 집을 옮기며 자랐고, 근처에 있는 초등

학교를 다니고, 가까운 대학을 가고, 또 멀지 않은 보험회사에서 평생 근무하는 등 계속 이 시청 주위에서 살았습니다. 그래서 카프카는 "시청 주변 건물들의 모서리 돌은 내 눈길로 닳았을 것이다"라고 얘기합니다.

카프카의 작은 집

제가 글을 쓸 수 있는 공간이 참 절실했다고 말했는데, 카프카 역시 그랬습니다. 정말 글에, 문학에 명을 걸었던 사람인데 보험회사에 다녔지요. 물론 그 보험회사가 요즘 보험회사와는 달리 국영이었습니다만, 어찌됐건 그 예민하고 문학에 목숨을 건 사람이 보험회사에 취직했으니 행복할 리 없었겠지요. 맨날 아픈 사람, 손가락 잘려서 오는 사람들을 보면서 지냈는데 또 집에 들어가면 아버지는 매우 엄하기도 해서 자기가 글 쓸 방 하나가 너무나도 절실했습니다. 그래서 누이동생이 방 하나를 알아봐주었고, 그 집이 프라하성의 뒷면 벽에 붙은 황금소로, 골든 레인의 22번지입니다. 지금도 프라하의 관광명소 중 한 곳이지요. 너무나 작은 집인데 어떻게 만들어진 집이냐 하면, 원래 성벽인 공간인데 성벽에는 구멍이 있잖아요. 이 구멍으로 화살도 쏘고 하는 장소인데, 병사들을 위해서 그 구멍에다가 디귿자로 벽을 만들면 조그만 집이 하나 되지요. 그 옆에는 니은자만 붙이면 또 집이 됩니다. 중세의 병사들이 살았는데, 정말 계란 같은, 메추리알 같은 그 집 안에서 카프카는 글을 썼습니다. 낮에는 일하고, 밤이면 와서 글을 쓰고 새벽에 휘청이며 돌아가는 생활이 반복됐는데요. 1912년에 이 계란처럼 작은 집에서, 그 계란처럼 작고 농축된 짧은 글들이 쓰였습니다. 대개는 아주 짧은 단편들입니다. 아마도 거기서 본격적인 카프카의 글쓰기가 자리잡은 것 같습니다.

그중 하나가 「작은 우화」라는 작품입니다. "우화"라는 건 사실 좀 어폐가 있습니다. 카프카의 우화는 이솝우화처럼 어떤 교훈이 있다거나 하지 않습니다. 대부분 인생의 '막막함'을, 무엇보다 '출구 없음'을 나타내는 글들인데요. 이 우화는 한 마리의 쥐가 세상이 날마다 좁아지고 있다는 독백으로부터 시작됩니다. 처음에는 넓은 세상에 겁이 나 막막하게 달리기만 하다가 이제 벽이 좀, 뭐가 좀 보인다 했더니 어느새 너무나 빨리 인생이 다 가서 마지막 방에 이르렀습니다. 그리고 구원처럼 "너는 달리는 방향만 바꾸면 돼"라는 말이 들리지만, 결국 "고양이가 쥐를 잡아먹어버렸다"라고 끝나버립니다. 세세한 부분들은 상당히 리얼한데, 그러나 전체는 현실이 아닌 데다 또 아주 아니라고 할 수도 없는, 여러 요소가 묘하게 섞여 있는 카프카의 독특한 문체입니다.

제가 카프카를 번역하게 된 이유도 인생이 막막하고 출구가 없었기 때문입니다. 카프카에게 글은 온전히 삶 자체였는데, 차마 그 정도였다고 말은 못 하지만 제게도 너무나 중요해서 엎드려 원고지에다 한 글자 한 글자 써가며 번역했습니다. 제가 그렇게 번역해놓은 글이 출간이 되리라고 상상도 못 했는데 어느 분이 한 큰 출판사에 한번 보내보라고 권유했습니다. 큰 출판사인데, 게다가 출판사에 보내는 건 꿈에도 생각 못 했었는데, 뜻밖에도 책으로 출간되었을 뿐만 아니라 오래도록 많은 사랑을 받게 되어 참 놀랐습니다. 그래서 개인적으론 막막했던 시절에서 나오는 한 출구가 되어주기도 했습니다.

"괜찮아요?"

카프카를 그렇게 공들여 번역한 데에는 또다른 이유도 있습니다. 아무런 전망 없이 집에 쭈그리고 앉아 있는데, 대학 동기가 카프카로 석사 논문을 쓰다가 과로로 세상을 떠났다는 얘기를 전해들었습니다. 굉장히 놀랐습니다. 어떻게 하면 글을 읽다가, 글에 관한 글을 쓰다가 사람이 죽을 수가 있나 싶어서 카프카를 알고 싶었습니다.

당시 제게는 카프카가 너무도 먼 사람이었습니다. 그래서 카프카의 작품 대신, 작가 모노그라피 시리즈 중 '프란츠 카프카'라고 제목이 붙은 책을 사서 읽었는데요, 너무나 좋은 책이었습니다. 클라우스 바겐바하가 쓴 책이었는데, 그 사람의 글과 함께 카프카 작품의 긴 인용이 함께 들어 있었습니다. 원고지에 바겐바하의 글은 검정 잉크로, 카프카의 작품을 인용한 부분은 초록 잉크로 써서 책 한 권을 다 번역했습니다. 처음부터 번역하려고 한 것이 아니고, 읽다보니 그렇게 된 것이지요. 꼼꼼한 읽기에서 제 모든 번역이 시작된 것이었습니다.

카프카는 특히 텍스트를 꼼꼼히 읽는 것이 중요하지

만, 그때 제가 바겐바하의 책을 집어든 것도 행운이라고 생각합니다. 우연히 집어들었는데 참 좋은 연구서였어요. 그 이후로 카프카에 관한 연구서들을 많이 읽어봤지만 저에게 이만한 책은 없었던 것 같습니다. 그럼에도 텍스트를 먼저 번역하지 않고, 연구서부터 번역했다는 것이 이상한 죄책감으로 남아 있었습니다. 그래서 언젠가 어렵게 독일에 가게 됐을 때, 카프카 전문가들과 이야기를 많이 했습니다. 그 이야기의 요점은 이렇습니다.

"나는 카프카의 짧은 글들을 번역하고 싶은데 역자가 이런저런 군더더기 말을 붙이지 않고, 독자가 오로지 작품만 읽으면서 카프카를 만날 수 있는 길을 놓아주는 그런 묶음을 만들어보고 싶습니다."

아주 유명한 카프카 연구가와 둘이 작품선을 열심히 작업했습니다. 그렇게 해서 1984년에 나온 것이 『집으로 가는 길』이었습니다. 후에 오래 꾸준히 많이 다듬었지요.

카프카는 정말 좋은 작가여서 허튼 말이 한 마디도 없습니다. 얼마 전 독일에 있는 동안에 어느 기자가 전화로 인터뷰를 청해와 이런저런 질문에 답을 했는데,

마지막 질문이 재미있었어요. 카프카를 만나면 뭐라고 말하고 싶느냐고 묻기에 아마도 말을 안 할 것 같다고, 꼭 해야 한다면 한 마디만 하겠다고 했는데요. 그 말이 독일어로는 "Geht's?"였습니다. 우리말로 번역하면 "괜찮아요?" 같은 뜻입니다. 그만큼 가까운 사이가 됐네요. 저는 그의 글들과 같이 살아온 것 같습니다. 고치고 또 고치면서요. 한 작가와 한평생을 같이 왔다는 것은 감사한 일이고, 꽤나 멋진 일인 것 같습니다.

아픈 시절을 아프게 통과하는 일:
헤르만 헤세

카프카 이야기를 하다보니 헤르만 헤세를 번역하던 시절도 떠오릅니다. 이제는 국내 독자들에게도 많은 사랑을 받고 있는 『데미안』을 절실히 읽었던, 참 많이 방황했던 시절이 있었습니다.

자아의 삶을 추구하는 한 젊음의 통과의례 기록인 『데미안』은 "내 속에서 솟아나오려는 것, 바로 그것을 나는 살아보려고 했다. 그러기가 왜 그토록 어려웠을까?"라는 모토를 앞세운 짧은 철학적 성찰로 시작됩니다. 헤세는 이 작품을 통해 한 사람의 삶은 결국 "자기 자신에게로 이르는 길"이며, 누구나 나름의 목표를 향해 노력하는 소중한 존재라고 이야기합니다. 단 한 번 뿐인 인간의 목숨이 총알 하나로 무더기로 소멸되는 전쟁의 충격 속에서 쓴 것이어서 더더욱 절실함이 배어나지요.

"내 속에서 솟아나오려는 것, 바로 그것을 나는 살아보려고 했다."

늘 되새겨보는 이 말 앞에서 자라나는 아이들에 대해 생각해봅니다. 저는 아이들을 기르면서 이래라저래라 간섭을 못 하겠더라고요. 갈팡질팡하기도 하고, 쓰러지기도 하고, 옆길로도 가는데 내가 저 아이에게 간섭을 해서, 여기가 바른길이라고 알려줘서 과연 저 아이에게서 스스로 솟아나오려고 하는 것, 자기 자신은 아직 알지 못함에도 솟아나오려고 하는 그것이 가려고 하는 길보다 더 좋은 길을 안내해줄 수 있을까 의문이 들기 때문이었습니다. 아무리 내가 부모라고 해도 더 잘 알려줄 자신이 없었습니다. 그냥 크는 걸 지켜본 것 같습니다.

나를 찾아가는 길

'나를 찾아가는 길.' 인식의 첫 단계는 기존 규범으로부터의 떠남입니다. 너무나 당연하게 생각했던 것, 예를 들면 카인과 아벨 이야기입니다. 데미안은 너무나 분명하게 카인은 악이고, 아벨은 선인데 그럼에도 혹시 카인이 너무 뛰어난 사람이어서 미움받은 것은 아닌가 하는 생각까지 해봅니다. 헤세가 카인을 선인으로 생각했다는 의미가 아니고, 너무 당연하다고 생각되는 것을 다시 한번 다른 방향으로 생각해보자는 의미겠지요. 너무나 어려운 일입니다. 이미 굳어진 만큼 다르게 생각하는 것은 어려운 일일 텐데 알을 깨고 나와야 하는 시기, 그것이 투쟁으로 표현될 만큼 치열했던 그 시기에 해야 하는 일이기도 하고, 하게 되는 일이기도 하지요.

익숙한 규범들을 다시 뒤집어 생각하고, 그러면서 아이들이 경험할 수 있는 여러 가지 작은 악, 폭력, 이런 것들이 크로머의 이야기에서 나오고, 그다음에는 누군가를 사랑하게 되는 이야기가 나오고, 그리고 그 모든 것이 벅찰 때 느닷없이 데미안이라는 존재가 나옵니다. 신비롭기도 하고, 능력이 뛰어나기도 한 존재인 것 같았지만 결국 책의 마지막 장에 이르면 데미안과 내가 하나였다는 이야기로 마무리됩니다.

'데미안Demian'이라는 이름 자체도 재밌습니다. '데몬Dämon'이라는 독일어에서 나온 이름인데요, 짐작하시겠지만 데몬은 보통 '악령'으로 번역됩니다. 그러나 선이든 악이든, 그것은 내 안에 있는 더 크고 강한 정신(초인적인 힘)이기도 합니다. 이미 내 안에 존재하는 어떤 큰 힘, 큰 존재를 찾아가는 것이지요. 내 안에서 나오려고 하는 것, 그게 무엇인지 어렴풋하지만 그것을 발견해가는 어려운 과정이 『데미안』의 주된 내용입니다.

흔히 "새는 알을 깨고 나온다"로 번역되는데, 저는 많은 고심 끝에 "새는 알에서 나오기 위해 투쟁한다"로 좀더 원어에 가깝게 바꿨습니다. "새는 투쟁하여 알에서 나온다"라고 할 수도 있는데 결과보다 과정에 비중이 실린 것 같아 그렇게 했습니다. 『변신』의 첫 문장에서 이야기했던 것과 비슷하게 이 부분은 "새는 알을 깨고 나온다"가 훨씬 편안한 번역입니다. 독일어에도 당연히 그런 단어가 있습니다. 그러나 헤세는 그런 단어를 쓰지 않았습니다. 투쟁을 해서 결과적으로 알에서 나온다고 정확히 이야기합니다. 새가 알에서 나오려고 투쟁을 하다니, 말도 안 되는 이야기지요. 아마도 나쁜 번역의 예로 꼽힐 법한 문장입니다. 그런데 알을 깨고 나오려는 그 노력과 과정이 너무 힘들기 때문에 헤세는 부러 '투쟁하다, 전투하다, 싸우다'의 뜻을 가진 단어 'kämpfen'을 썼습니다. 이 젊은 시절에 그 한 꺼풀을 깨기가 너무 어려웠던 것이지요. 그래서 그것을 살려야겠다는 쪽으로 오랜 고심 끝에 결정을 했고, 그 오랜 고심이 아직도 기억에 남아 있습니다.

삶은 누구에게나 전투 같은 것

시인

그렇게 꼬치꼬치 따지지 마시오!
들여보내만 주시오.
나 인간이었으니까,
그건 전사戰士라는 뜻이오.

당신의 힘있는 눈길을 날카롭게 하시오!

여기! ―이 가슴을 꿰뚫어보시오.

보아요, 삶의 상처, 간계를

보아요, 사랑의 상처, 욕망을.

괴테의 노년기 대작 『서·동시집』의 '낙원의 서'에 나오는 한 단락입니다. 장렬하게 전사한 영웅들만 받아들여지는 천국 문앞에서 시인은 "나 인간이었으니까,/ 그건 전사라는 뜻이오"라고 대답합니다. 그러니 자기도 영웅들만 가는 (이슬람의) 천국에 들어갈 자격이 있는 전사라는 것이지요. 삶이 얼마나 힘든지, 전쟁 같은지, 그리고 사람들이 왜 그렇게 온갖 간계를 부리며 사는지, 실없는 욕망에 허덕이는지를 길게 이야기하지 않습니다. 우리들 중 누군들 힘들지 않겠습니까. 그러나 대수롭지 않은 듯 이야기하는 노시인의 말에서, 산다는 것 자체로 천국에 갈 만한 용감한 전사와 다르지 않다는 사실에서 용기를 얻게 됩니다. 그 어떤 힘내라는 말보다 여운이 길고 강렬하지요.

괴테의 『서·동시집』 육필 필사본을 보면 전사를 처음에는 '싸우는 사람', 즉 'Streiter'라고 썼다가 그다음에는 '전투하는 사람', 'Kämpfer'로 바꾸었습니다. 그런데 그 단어를 바꾸면서 얼마나 힘주어 썼는지 두드러진, 굵은 잉크 자국이 다 드러납니다. 그 한 단어에 고심한 흔적이 보이는 것이죠. 괴테든, 헤세든, 그 누구에게나 삶은 전투와 같은 것인가봅니다.

"새는 알에서 나오기 위해 투쟁한다"

헤세는 『데미안』을 마흔이 넘어 썼는데, 저도 마흔이 넘어 번역했습니다. 그런데 이 작품은 청소년들이 많이 읽는 책이어서, 번역이 정확한 동시에 청소년들이 쉽게 읽을 수 있어야 한다고 생각했습니다. 조숙한 어린이들은 초등학교 고학년 즈음에도 읽는 것 같아서 초등학교 5학년부터 대학생까지 두루 교정을 맡겼습니다.

그렇게 고심을 했던 까닭이 하나 더 있습니다. 번역서를 상당히 많이 냈습니다만, 지금까지도 출간될 것이라는 보장을 받고 낸 책은 서너 권에 불과합니다. 그런데 『데미안』은 처음으로 출간 제안을 받은 책이었습니다. 너무나 놀랍고 반가웠지만 다른 한편으로는 이게 내가 할 일인가 하는 생각도 들더라고요. 이 책은 꽤 알려진 책이기도 해서 저 말고도 번역하실 분도 많을 듯해서요. 그래서 한번 더 고민했습니다. 우선 국내에 나와 있는 번역서를 다 찾아봤습니다. 대략 70여 종이 있더라고요. 그런데 제 손에 구해진 것은 15종이었습니다. 구해서 봤더니 분량이 20~25퍼센트씩은 다 늘어나 있었습니다. 보통 매끄럽게 읽혀야 좋은 번역이라고 생각하기에, 기존 번역에서 좀더 매끄럽게 다듬다 보니 늘어난 것이지요.

그래서 저는 이 귀한, 물론 어른들도 읽지만 청소년들 또한 많이 읽는 책을 좀더 정확하게, 원전에 밀착되게 번역하는 것이 의미 있는 작업이라고 생각했습니다. 당시에 마흔 살도 넘어 어쩌면 청소년의 어감에서 벗어나 있을 수도 있는 저의 번역을 꼼꼼히 봐준 그 어린이들, 청소년들, 대학생들에게 지금도 참 고마운 마음입니다. "새는 알에서 나오기 위해 투쟁한다"도 용인해준 그 친구들에게 아무런 보답을 못했습니다. 당시에는 청소년이던 친구들이 지금은 모두 다 멋진 사람들로 성장했습니다. 그래도 『데미안』을 읽은 영향이 조금이나마 있지 않을까 생각해봅니다.

요점은 이렇습니다. 아픈 시절을 정말 아프게 잘 통

과해가는 일이 정말 중요하다는 것이지요. 저 비탈길로 가지 않고, 바른길이 있을 수도 있을 겁니다. 그러나 내가 다 가보고 헤매고 구르기도 한 비탈길들은, 그 험한 길들은 바로 내가 스스로 넓힌 내 영역, 내 영토가 아니었던가 싶습니다.

3장

"그대 나만큼

오래 떠돌았거든,

나처럼 인생을

사랑하려 해보라."

나의 자양분,
믿음과 간절함

제 어머니는 열여섯 살 정월, 만으로 열네 살에 시집 와서 어마어마하게 고생하셨습니다. 우리집은 "큰집", 종가였고, 어머니는 너무나 많은 일을 하셔야 했어요. 정말 말도 못 하게요. 일이 너무나 많았기 때문에 자식을 돌볼 틈은 전혀 없었습니다. 그래서 어머니가 돌아가실 때까지 깊이 맺힌, 그 한은 이런 거였어요.

낮가리에서 부엌으로 나무를 나르는데, 저멀리 동구 밖에서 제가 가물가물 걸어왔대요. 학교 끝나고 돌아오는 것이지요. 정말 작아 보였대요. 남아 있던 성적표에 따르면 그래도 120센티미터 가까이 되었던 것 같은데 말이에요. 그 짧디짧은 다리로 하루 11.6킬로미터씩을 걷자니 속도가 날 리 없고 기다릴 수 있었다 한들 아무리 기다려도 도무지 가까워지지 않았겠지요. 불쌍해서 다 올 때까지 한 번만이라도 기다려보고 싶었는데, 기다렸다가 안아주고 싶었는데 그걸 한 번도 못 하서서 한이 맺히셨어요. 얼마나 일이 많았으면…… 그 말씀을 여러 번 하셨습니다. 당신 삶이 힘들었다는 말씀은 안 하셨어요.

어머니는 학교 문턱에도 못 가셨지만(그때는 반가에서 딸을 왜놈들이 세운 남녀공학 학교에 보내지 않았습니다), 저는 벌써 다섯번째 여권을 만들었을 만큼 온 세계를 다녔습니다. 배울 것이 있으면 어디든 달려가다보니 그렇게 됐는데, 그럼에도 저는 어머니 발끝도 못 따라간다는 느낌입니다. 공부든 무엇이든 꼭 좋은 학교에 가서 배워야 하는 게 아니더라고요. 간절함이 있고, 절실함이 있어야 하는 것이지요. 학교 문턱에도 못 가신 분이, 찢어진 신문지 조각 하나, 광고 전단지 하나 안 밟으셨습니다. 글이 쓰여 있기 때문이에요.

나중에 식구들이 이사를 오기는 했지만, 저는 중학교에 가야 해서 5학년 마치고부터 서울에 와서 혼자 살았습니다. 그리고 어머니는 그 고생이 조금 끝나자마자 완전히 몸이 무너져서 30년쯤 편찮으셨다가 돌아가셨어요. 자식들에게 못해주셨다고 늘 안타까워하셨는데 물질적으로는 사실이기도 했습니다. 실제로 뭘 해주신 건 별로 없어요. 오히려 어머니가 처음 입어보신 양장도 제가 해드렸고 처음 입어보신 스웨터도 제가 사드렸습니다. 그럼에도 왜 제가 어머니 발끝을 못 따라가고 어머니께 무한히 많이 받았다고 생각하고, 또 제 인생 자체가 늘 어머니 몫까지 산다는 생각을 할까요. 그 이유는 한 가지입니다.

바로, '믿음'인데요. 당신은 그렇게 배우고 싶은데 그러지 못했어요. 그런데 딸은 공부를 해요. 공부를 한 딸이 틀린 일을 할 리 없다는 거죠. 이토록 철석같이 믿어주시는데 제가 어떻게 나쁜 짓을 할 수 있겠습니까. 어머니에게는 배우는, 배운 '딸이 뭘 잘못할 수 있다'는 생각 자체가 없었어요. 건강 상태에 비해서는 고령에 돌아가셨지만, 돌아가시고 나니까 이제 그처럼 나를 믿어주시는 분이 세상에 없어, 나이가 제법 들었지만 '고아'처럼 느껴졌어요.

우리는 물질적으로 뭔가를 더 해주려고 하고, 못해

줘서 안타까워하는데, 어머니가 못해주신 것은 저를 한 번도 기다려보지 못하신 것, 그것이라고 당신이 말씀하셨고, 그 절대적인 신뢰와 간절한 마음이 제 거의 모든 자양분이 되었습니다.

"그럼 너 좋을 대로 하거라"

여백 서원은 '같을 여如'자에 '흰 백白'자인데요. '흰빛 같다', 즉 맑다는 뜻입니다. 제 아버지의 호인데, 워낙 맑으신 분이어서 친구들이 지어준 호입니다. 그래서 제가 지은 여백서원의 지향점도, 대들보에 적힌 대로 "위 여백爲 如白, 위 후학爲 後學, 위 시爲 詩"고요.

아버지는 1920년생이고, 가문의 장손으로서 유가의 전통이 몸에 밴 분이고, 또한 우리 근대사의 굴곡을 다 겪은 분입니다. 어머니께서 작고하신 60대 말부터 혼자 사셨는데, 그전까지의 아버지의 모습이 딱 두 번의 기억이 있을 뿐 생각도 잘 나지 않을 만큼 넓은 대소가를 다 돌보시느라 당신 가정은 살필 겨를이 없으셨습니다. 그 두 번이 제 인생에의 "개입"이었는데, 그것이 결정적인 계기가 되었습니다.

110

막 5학년을 마쳤을 즈음이었어요. 어느 날 저를 부르시더니 "너 서울 가서 공부하지 않을래?" 그러시더라고요. 꿈에도 생각하지 못했던 일인데, 아버지 말씀이니까 "네" 하고 대답하고 바로 다음날 아버지 따라 서울에 왔어요. 여섯 시간 반 기차를 타고 왔습니다. 도착했더니, 초라하지만 이미 거처를 다 마련해놓으셨더라고요. 그 옛날 1960년대에, 어린 딸을 서울에서 혼자 유학시키겠다는 결단을 내리셨다는 게 너무 놀랍습니다.

그렇게 제 인생에 크게 적극적으로 개입하셨고, 한번 더 제 인생에 수동적으로 개입하신 적이 있습니다. 대학에 들어가려고 입학시험을 보려고 하는데 부르시더니 "너 어디 가려고 하느냐?"라고 물으시더라고요. 그래서 "서울대학교 독문학과에 가려고 하는데요." 그랬더니 "이화여대 약학과를 가면 안 되겠니?"라고 하셨습니다. 아직 여성들의 위치가 지금 같지 않을 때지요. 서울대학교의 남자들 사이에서 딸이 고생하기를 바라지 않으셨고, 여성들이 많은 곳에 가기를 바라셨어요. 그렇게 좀 안정된 삶을 살기를 바라신 거죠. 제가 "안 되겠는데요"라고 대답했습니다. 그랬더니 "그럼 너 좋을

대로 하거라", 그러셨어요. 그렇게 제 인생에 두 번 개입하셨습니다. 그밖에는 아버지의 말씀조차 기억에 없고, 어린 시절 아버지의 얼굴도 잘 기억나지 않습니다.

60대 말부터 91세까지 혼자 사시는 아버지의 모습을 간간이 뵈었습니다. 무엇보다 근검하신 분이었습니다. 한 달에 이삼십만원밖에 안 쓰시며, 목욕탕에는 대야가 세 개 놓여 있곤 했습니다. 각기 더러움의 정도가 다른 것으로, 한 번 쓴 물을 그냥 버리지 않은 것이었지요. 마지막으로 걸레를 빨 때까지요. 그리고 꾸준히 노력하는 분이셨습니다. 91세로 돌아가실 때까지 늘 많은 책을 읽으셨고, 특히 영문 『타임』지는 매일, 사전에서 단어를 까맣게 찾으면서 읽으셨어요.

"천재란 노력하는 능력이다"

아버지는 산에 다니셨는데요, 버스 타지 않고 걸어서 산 입구까지 가서 북한산, 도봉산에 오르셨습니다. 45킬로그램밖에 안 나가는 작은 체구에 20킬로가 넘는 배낭을 지고, 오천원짜리 조끼를 입으시고 일본 북알프스며, 에베레스트까지 가셨습니다. 90세 가을까지 한 해도 안 거르셨습니다. 에베레스트 봉우리 중 몇몇은 최고령 기록까지 내셨고, 85세에는 세계 두 번째 고령 기록을 내시며 킬리만자로에 오르셨습니다. 어느 날 여쭈었어요. 너무 힘드실 텐데 왜 그렇게까지 무리하시느냐고요. 답이 이러셨습니다. "내가 드러누우면 너네 어떻게 하니?" 바쁘게 사는 자녀들에게 조금이라도 부담 주지 않기 위해 건강을 유지하신 것이지요. 정말로 자식들에게 하루도 부담 주시지 않고 가셨습니다.

에베레스트에 마지막으로 가신 것이 90세 가을이었는데, 다녀오셔서 평소보다 조금 덜 올라 갔다고 하셨습니다. "무슨 일 있으면 너네 올라오지도 못하고……"라며 가볍게 말씀하셨는데, 알고 보니 그때 이미 담도암이 많이 진행된 상태였습니다. 워낙 건강하시니 91세 정월에 여섯 시간 반 긴 수술을 받으셨는데요. 그때부터 4월 말까지, 지난 2~3년 해오던 모든 일을 마무리하고 가셨습니다. 그것이 참 엄청납니다.

자신의 등산기를 책으로 내셨는데, 그 속편 원고를 만드셨습니다. 당신 자서전도 쓰셨습니다. 하던 일 계속 해가시면서요. 게다가 증조부 문집을 국역하셨는데

요(증조부께서 잠깐씩이지만 도산서원 원장도 하시고 소수서원 원장도 하셨습니다), 증조부의 한문 문집을 제가 잘 읽지 못합니다. 남의 나라 200년 전의 괴테는 줄줄 읽으면서요. 한자야 알지만 한문을 했어야 읽지요. 그게 안타까워서 번역을 시작하신 것인데, 한학자도 서예가도 아니신 분이 옥편을 어마어마하게 갖다놓고 번역하셔서 한지에 세필로 쓰셨어요. 원문을 쓰고, 토를 달고, 번역을 하고, 어려운 말의 풀이를 또 달고요. 그런 세필 한지 천여 장을 남기고 가셨습니다.

긴 세월 아버지로부터 들은 말씀이 몇 마디 없습니다. 과묵하신 분이고, 이래라저래라 하는 말씀은 특히 들은 기억이 없고, 제가 늘 무리하고 사니까 "신외무물身外無物이니라", 그렇게만 말하시며 건강을 염려하시던 것과 "천재란 노력하는 능력이다"라고 하신 두 마디가 겨우 귀에 남아 있습니다. 그러나 천 마디 말이 없어도 알 수 있었어요. 얼마나 신뢰해주시고, 제가 제 일을 잘하도록 얼마나 마음 써주셨는지. 얼마나 말씀 없이 아끼셨는지.

인생의 길목에서 받은 응원

여러 해 전 한 장면이 생각납니다. 아버지께서 89세가 되셨던 해입니다. 다른 유학생들은 가끔씩 부모님 모셔와서 관광도 시켜드리고 그러는데, 저는 어쩌다 잠깐씩 독일에 갈 때마다 늘 무리해서 갔고, 할일이 너무 많아 그런 생각도 못 하며 살았습니다.

그러다 언젠가는 한 1년 뮌헨에 머문 적이 있었어요. 돌아올 때가 가까워 한 번 전화를 드렸습니다. 뮌헨 근처는 알프스 자락이라 좋은 산들이 많은데, 저 아직 있는 동안 산에 한번 오시면 어떻겠느냐고요. 말씀드리면서도 예상한 대답은 거의 분명했습니다. 펄쩍 뛰며 거절하실 게 뻔해서요. 그런데 놀랍게도 이러시는 것이었어요.

"안 그래도 그쪽으로 한번 갈까 했는데 차비가 너무 비싸더라."

제가 깜짝 놀라 서울에 있는 아는 여행사에 연락해서 조치를 했어요. 그랬더니 바로 사흘 뒤에 오셨습니다. 겨우 며칠을 다녀가셨는데, 좁은 제 기숙사 방에서 함께 계시며 저더러는 할일 하라 말씀하시고 독일에 처음 와보시는 분이 첫날은 혼자서 뮌헨 시내를 종일 돌아다니셨어요. 지하철도 타보시고 버스도 타보시고요. 그다음날은 알프스에 올라가자면 진입로가 될 도시까지 기차로 다녀와보시고요. 그리고 셋째 날은 뮌헨 쪽 알프스의 최고봉, 약 3000미터쯤 되는 추크슈피체에 오르셨습니다. 그런 다음에는 바로 한국으로 돌아가셨어요. 제 시간 하나도 빼앗지 않으시고요.

제가 독일 갈 때마다 엄청나게 책을 사오느라 고생한다는 걸 잘 아시고, 떠나시면서는 이미 싸둔 제 책 트렁크를 가지고 가시겠다 하셨습니다. 이번에는 제가 펄쩍 뛰었지요. 오셨는데 아무것도 못 해드렸으면서 노인에게 짐이나 들려 보내드리는 건 도리가 아니잖아요. 기어이 괜찮다고 하시며, 아무리 만류해도 소용없었습니다. "내가 다 수가 있다" 하시면서요. 배낭을 지고 무거운 책 트렁크를 끌고, 그래도 이번에는 제가 공항까지 함께 가는 것은 허락하셨어요. 그래서 공항에 가서 아버지께서 탑승 수속하시는 동안 뒤에서 마음을 졸였지요. 들고 가시는 것도 고생이시지만, 책 무게 때문에 추가비용도 엄청 나올 것 같아서요. 그런데 수속을 마치시더니, 뒤를 돌아 환히 웃으며 손을 흔드셨습니다. 놀랍고 반가워 제가 뛰어가서 "대체 어떻게 하신 거예요?" 물었더니 이렇게 말씀하셨습니다. "내가 그랬지. 나 45킬로밖에 안 나간다고."

그 흰 수염에 감싸여 환히 웃으시며 손을 흔드시던 작은 체구의 아버지…… 그 모습이 잊히질 않습니다. 그 많은 종손의 도리에 짓눌리며, 그 많은 역사의 질곡을 거쳐오면서, 무심한 듯 말씀 없이, 그러나 인생의 길목 길목에서 너무도 큰 응원을 보내주셨던 분. 생애의 끝까지 홀로 꼿꼿하셨고, 늘 공부하셨고, 자식들에게 한 치 부담도, 단 하루도 부담 주시지 않으셨고요. 홀로 꼿꼿이 서심으로써 아버지가 지켜주셨던 나의 시간, 나의 공부와 나의 일……

제가 무슨 일을 어떻게 해야 그 보답이 되겠나 생각합니다. 부모가 뭔가를 계속 해줘야 한다는 생각들을 하는데 꼭 뭘 해주고, 사주고 그래야 하는 건 아닌 것 같아요. 그래서 제가 버릇이 없어져가지고 자식들에게 아무것도 안 해주는 형편없는 부모가 되고 말았습니다.

몽당연필과
흰 사발

저는 아이들에게 너무도 미안한, 부족한 어미였습니다. 미안한 마음이 아직도 씻기질 않아요. 종이 기저귀 같은 육아용품이나 이유식 같은 게 외국에는 있다는 소리야 들었지만 아직 본 적 없었고, 아이는 부부가 함께 키운다는 생각 같은 건 아예 없었고, 어린이집 같은 공공의 육아관련 시설이나 제도야 물론 전무하던, 개념도 없던 시대에 혼잣손에, 그 어디 도움받을 곳 하나 없이, 먼 이웃 도시 직장을 나쁜 짓이라도 하듯 허겁지겁 다니며, 이 일 저 일 절절 매며 하는 사이에 어찌어찌 아이들은 저 혼자서 컸습니다. 다 잘 커주었지요.

지금 생각하면 어떻게 살았나 싶지만, 다시 또 다시 생각해도 아이들 덕분에 내가 산 것 같습니다. 아이들이 어렸을 때도, 심지어 그애들이 갓난아기로 누워 있을 때조차도, 굳이 따져보자면 언제나 내가 받는 게 훨씬 더 많았습니다. 그런 줄을 그때도 이미 알았지요. 그래서 버티고 산 것 같습니다.

내가 가진 최고의 보물

딸아이가 유아원에 다녀 글씨를 못 쓸 때부터 어버이날마다 제가 받았던 편지들을 모아서 앨범을 만들어놨습니다. 어릴 때 일찍 철이 들었는지 그때부터 엄청나게 좋은 말들을 해줌으로써 저에게 정말 힘을 주었던 글들인데요. 4학년이던 당시에는 이렇게 써주었네요.

"저는 어머니께서 어려운 일도 맡은 일이라면 건강도 잊고 열심히 하시는 걸 여러 번 보았지요. 그 이유가 무엇인지 아세요? 바로 어머니 마음속에 시, 바로 좋은 착한 마음 때문이에요."

제가 착한 사람은 아닌데 딸이 이렇게 잘 봐주었나 봅니다. 또 5학년 땐 이런 것도 써주었습니다.

"어머니께서는 제가 뭔가 조금이라도 해드리면 기뻐해주셨지요. 그것은 정말로 자신감을 주고 기쁘게 되는 일이었어요. 또 제가 하는 일은 거의 다 맞다고 아니, 다 맞다고 해주셨어요. 언제나 그런 무언의 가르침이 되었어요."

제가 살면서 힘들 때 다시 펼쳐보곤 하는 귀중한 선물입니다.

선물이 하나 더 있습니다. 몽당연필인데요, 제가 가진 최고의 보물입니다. 언젠가 먼 타국에서 딸과 헤어져야 하는 순간이 있었는데, 저도 굉장히 힘들고 딸도 힘들었습니다. 기차를 타고 가다가 이제 다음 역에서 헤어져야 하는데, 딸이 가방을 막 뒤지는 거예요. 연필이 겨우 하나 나왔습니다. 그러더니 그 연필을 탁 부러뜨리는 거예요. 부러뜨려서 반토막을 저를 줬습니다. 그래서 제가 말없이 받아왔고, 딸도 반토막을 가지고 돌아갔는데요. 그 말 없었던 말의 내용은, '인생에는 여러 가지 힘든 고비들이 있는데 글 쓰면서 견디고 사세요'라는 뜻이었어요. 그래서 글을 써감으로써 여러 가지 문제를 견딜 수 있었습니다.

제가 그걸 기대해도 될까요

아침의 첫 햇살이 와닿는 서원 동쪽 방 창가에는 오래된 흰색 사발 하나가 놓여 있습니다. 새벽에 눈을 뜨면 그 사발에 새 물부터 채우지요. 하루 묵은 물은 꽃들에게 차례로 주고요.

제가 세 살 때, 이 작은 아이가 어느 날, 일 바쁜 어머니에게 댓돌 밑 흙 속에 든 것을 꺼내달라고 많이 울었다고 합니다. 사금파리야 어디든 있을 수 있지만, 보이지도 않은 걸 파내달라니, 바쁜 어머니가 답답해하다가 순하던 아이가 너무 울어 하는 수 없이 흙을 파셨다고 해요. 그런데 세상에, 온전한 사발 하나가 나와서 온 동네 사람이 놀랐다고 합니다. 그걸 어머니께서 귀하게 간직하셨다가 돌아가시기 전에 저에게 주셨지요. 그 오래된 그릇에 저는 새벽마다 새 물을 채웁니다. 정화수를 뜨던 옛날이야기 속 어머니도 아닌 제가, 요새 세상에서 무슨 흉내를 내려는 것은 아니고 그냥 그러면서 하루를 여는 겁니다.

잠깐씩 그 앞에 서 있어봅니다. 예전에나 이제나 그저 마음뿐, 무엇 한 가지 해준 것이 없는 자식들을, 또 이런저런 사랑하는 사람들을 생각하며…… 그들 모두가 평안하기를 빕니다.

이즈음은 물론, 생각 속 가장 큰 자리는 손주, 리안이 차지입니다. 언제쯤 리안이가 글을 쓰고 내게 편지를 보낼까요. 제가 그걸 기대해도 될까요. 아무리 장수 시대라지만 이제 나이가 만만치 않거든요. 그애가 보내주어 받게 될 편지들 대신, 그애 엄마가 어렸을 적 제게 보내주었던 편지들을 뒤적여봅니다. 어버이날이면 꼬박꼬박 써보내준 편지들. 받은 게 그뿐이랴마는, 몽당연필을 꼭 쥐고 한 자 한 자 눌러 썼을, 또 일찍 철들어 쓴 수십 년 전의 그 편지들을 가끔 넘겨보면 아직도 숙연해집니다. 내가 이런 큰 사랑에 값하며 산 사람인가. 혹시나 리안이 녀석이 커서도 편지를 안 쓰면, 덜미라도 잡아와 보여주어야겠습니다.

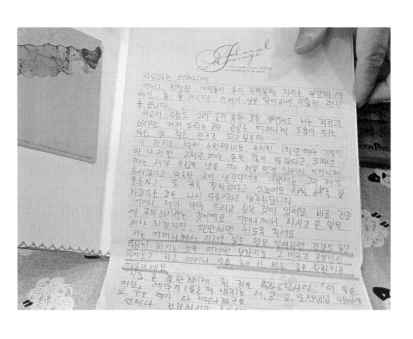

사랑하는 어머니께

어머니 희망찬 새싹들이 움이 부쩍부쩍 자라는 일년의 새
봄인 봄, 올 겨울기온 어버이 날을 맞이하여 이글지 저리
글 씁니다.

학교의 시험도 그리 중지 못한 것을 열면서도, 저는 걱정거
리려만 끼쳐 드리는 것을 건강로 어머니께 도움이 되는
작은 봄, 작은 친구가 되고 싶은데...
이 편지도. 올해 6번째네요 유치원, 1학년 때는 기분이
안 나지만 2학년 때는 돈도 많이 받겠다고, 3학년
때는 제가 시집을 냈을 때 제일 먼저 아버지, 어머니께
드리겠다고 약속한 것이 생각나네요 이번에는 그거 저거가
든든하고, 또 꼭꼭 갚히겠다고 스레어요 사실 공부를 잘
하겠다는 것은 나의 욕심이라고 생각합니다.

어머니 제가 낙택 드리고 싶은 것이 있어요 바로 건강
에 주의하시라 것이에요 어머니께서 하시고 픈 일은
해야 되겠지만, 왠만하면 4도록 하세요
저는 어머니께서 어려운 일도 많은 일이라며 건강도 잘
많잖지 하시는 것은 어머니 놓가요 그 이유가 무엇인지
아세요? 바로 어머니 같은 수없 시. 바로 3운 건강이유
께요이에요

저참 큰 효도했게 된 것을 축하드립니다 「이 무슨
저참, 예약지 (몰래 생각)를 서, 공, 민, 옥선생님 4분이
요. 받은 책이 다 기억나세요
언제나 건강하시고 주세나

생애 최고의 날

제 생애 최고의 날은 제 아이들이 태어나던 날입니다. 아이들이 참 귀했어요. 굉장히 어렵게 가졌거든요. 태어나준 것만으로도 정말 너무나 감사하고 귀해서 아이들에게 바라는 것이 별로 없었습니다. '이글루에 던져놔도 살거라, 사하라사막에 던져놔도 살거라' 하는 것이 유일한 바람이었어요. 그래서 추운데 옷도 잘 안 입히고 이상하게 키웠는데요. 그저 강하게 크기를 바랐고, 더는 바랄 수가 없었습니다. 일단 제가 못해서 못해주는 것도 있었겠지만, 그 귀한 아이들의 인생에 함부로 개입하면 안 된다고 생각했습니다. 아이들 속에서 저절로 뭔가 터득되고 깨어나 살려고 하는, 안에서 솟아나오려는 것, 그게 뭔지는 저도 아이들도 물론 모르지만, 무엇보다도 제가 개입해서 더 잘되게끔 할 자신이 없더라고요. 그런 생각이 기본이기는 했지만, 어쨌든 저는 매우 부족한 엄마입니다. 내 일 한다고 허겁지겁 왔다갔다하자니 소홀했을 수밖에요.

아이들이 어렸을 때, 작은 서민 아파트에 살았습니다. 예전의 아파트는 요즘처럼 번호키가 없고, 열쇠로 열고 들어와야 했지요. 그런데 제가 집에 없는 일이 잦은데, 아이들은 아직 열쇠 간수를 잘 못할 때라 고민이 많았습니다. 독일어에는 'Schlüsselkind'라는 단어, 해석하자면 '열쇠아이'라는 아주 이상한 표현이 있습니다. 맞벌이 부모와 사는, 집 열쇠를 갖고(흔히 목에 걸고) 다녀야 하는 아이라는 뜻이지요. 열쇠를 줄 수도 없고, 내 아이들을 열쇠아이로 만들기도 싫어서 결론은 문을 안 잠그고 다녔어요. 문을 열어두고 다니니까 아이들 친구들이 잘 놀러올 수 있었습니다. 친구들은 다들 학원에 뭔가를 배우러 다니는데, 우리 애들은 그러지 않으니까 잠깐 시간이 나는 여러 친구들과 돌아가면서 놀았어요. 학원 갔다 온 애들이 틈이 나면 와서 놀고 가고, 또 틈나는 다른 친구가 오고요. 물론 요즘에는 아주 어려운 이야기지만, 이렇게 해서 우리집은 아이들의 좋은 아지트가 됐던 것 같습니다. 반면 저는 독일 친구한테 놀림받았습니다. 저희 집 아이들은 '열쇠 없는 열쇠아이'라고 말이에요.

그렇게 친구들이 와서 노는 것도 좋고, 정말 따뜻한 동네이기도 했지만 저는 늘 생각했습니다. 내가 내 애들에게 유리종을 씌워서 따라다닐 수 없고, 더구나 집도 자주 비우는데 나 혼자서 애들을 키울 생각을 하면 안 되겠구나. 내가 다른 집 애들한테도 잘해야 그 집 엄마도 내 아이가 쓰러져서 울 때 조금이나마 더 돌아봐줄 것 같고, 그래서 아이들 친구들한테 잘하려고 나름 애를 썼습니다.

한번은 이런 일도 있었습니다. 딸이 중학교 3학년 때에 문예반이었는데, '문학의 밤' 행사를 한다고 해서 저녁에 가보았습니다. 아이들이 공연을 어찌나 잘하는지 정말 놀라웠는데요. 일단 공연이 끝난 후 아이들을 몽땅 데리고 가서 짜장면을 사준 다음에, "이 공연 한 번으로 너무 아쉬우니, 이렇게 계속 함께 책을 읽으면 어떻겠니? 우리집에 와서 모이면 좋겠구나"라고 제안을 해봤습니다. 그렇게 시작된 모임이 딸아이와 친구들이 대학에 갈 때까지 이어졌습니다. 함께 책을 읽고, 같이 조그마한 문집도 만들곤 하더군요. 아직까지도 제가 참 귀하게 생각하며 간직하는 문집이지요. 저로서는 참 좋은 추억입니다.

당시는 학교에 도시락을 갖고 다니던 시절이라, 출근하기 전에 나름 열심히 도시락을 싸주었는데요. 계란말이를 예쁘게 부치고, 햄도 맛있게 볶아 넣고, 그렇게 깨끗하고 매끈한 도시락을 만들면 참 좋았을 텐데 저는 그때 무슨 청승이 들었는지 나물도 좀 삶고, 유기농까지는 아니어도 너무 조미료가 많이 들어가거나 화학물질이 들어가지 않은 음식을 해주려고만 애쓰느라 어딘지 좀 깨끗하지 못한 모양으로, 이것도 있고 저것도 있는 도시락을 싸서 주곤 했습니다. 아, 저 나름으로는 정말 영양가 있게, 건강에 좋게 잘해줬거든요. 그런데 몇 년이 지나서 아들이 얘기하더라고요. 자기는 학교에서 도시락 때문에 창피했다고 말이에요. 그 말을 듣고 얼마나 미안하던지…… 그러나 그렇게 창피한 도시락을 먹고 그렇게 컸으면서도 조금 커서 철드니까 제게 뭘 해주었느냐 하면요. 제가 주말에도 학교에 가고, 밤에도 늦어야 집에 들어가곤 하니까 아주 늦게, 정말 밤늦게 들어가면 아들이 늘 현관에 나와 제 눈앞에서 자기 손을 자동차 와이퍼처럼 왔다갔다했습니다. "뭐 하니?"라고 물었더니 "죽었나 살았나 봅니다"라고 대답하더라고요. 그렇게 늘 부모인 제가 오히려 염려를 받았는데, 어느 주말의 일이 지금도 잊히지 않습니다. 주말인데 또 학교 갈 준비를 하니까, 아들이 직접 도시락을 싸서 저를 주더라고요. 그애가 고등학생이던 때 얘기입니다. 외진 곳에 있는, 내가 근무하는 학교에서는 주말이면 식당이건 매점이건 다 닫는다는 사정을 알았던 것이지요. 네, 저는 그 창피한 도시락을 싸주고, 눈물겨운 도시락을 받기만 하고 산 것 같습니다.

뿌리와 날개

"뿌리와 날개." 부모가 자녀에게 주어야 할 것, 혹은 자녀가 부모에게 받아야 할 것을 이야기할 때 제가 늘 인용하는 괴테의 말입니다. 좀더 정확하게는 부모가 안 줘도 자식이 꼭 받아내야 하는 것들인데요. '뿌리'

라는 단어 앞에서 늘 깊이 생각해보곤 합니다. 뿌리라는 것은 대체 무엇일까. 뿌리는 발붙이는 것, 저는 그렇게 해석하는데요. 사람을 땅에 발붙게 하는 것은 노동이 아닐까 생각합니다. 그 어떤 연령의 사람이든, 어떤 위치에 있든 자기 일은 자기가 하고 자기 밥은 자기가 챙겨먹고 한 걸음 더 나아가서 그것이 가족이든 조금 더 큰 공동체든 내가 그것을 위해서 뭔가 하는 일이 있어야 내가 단단히 그곳에 소속되겠지요. 어떤 경우에도 혼자 힘으로 서고, 내 일은 내가 하고 우리 일도 좀 하고 그러면서 땅에 발이 붙습니다. 굳건하게 발을 붙이자면 자기 힘으로 서야 하고, 넘어져도 다시 일어날 수 있어야 하겠지요. 넘어져도 일어날 수 있고, 또 달려갈 수도 있는 그 근육은 거의 일상적인 노동에서 나오는 것이라고, 그렇게 점점 쌓아나가는 것이라고 저는 생각합니다.

늘 비유하곤 합니다. 어느 날 중대 결심을 한다고 해서 바로 50킬로그램짜리 역기를 들 수는 없지요. 절대로 들지 못합니다. 무거운 역기를 들고 싶으면 아령부터 계속 들어야, 그 경험이 쌓여야 어느 날엔가 들 수 있는 것이지 갑자기 결심한다고 되지 않습니다. 살아가는 모든 것들이 다 그렇습니다. 그러니까 우선 자기가 먹고살고 스스로 챙길 수 있으면 몇 가닥의 뿌리를 내리는 거고, 거기에 조금 더 남을 위해서까지, 혹은 소속된 어떤 공동체를 위해서도 뭔가 한 가지 일을 해 갈 때 그 사람의 뿌리가 또하나 늘어나는 것이죠.

저는 아이들에게도 일을 시켜야 한다고 늘 이야기합니다. 어릴 때부터 내가 해야 여기가 돌아가고, 내가 안 하면 안 돌아가는 경험을 하다보면 스스로 얼마나 중요한 존재처럼 느껴질까요? 나 없어도 모든 게 다 잘 돌아가면, 내가 없어도 됩니다. 근데 "나 없으면 우리 집 안 돼! 우리 안 돼!" 이럴 때 스스로에 대한 자부심도 생기고 주변의 존경과 사랑도 커지는 법입니다. 이렇게 튼튼하게 뿌리 내릴 수 있게끔 부모가 최선을 다해 도와야 합니다. 너무 잘해주기만 해도 안 되겠지만, 그러나 또 그 모든 기반에 당연히 사랑과 배려가 있어야 합니다. 제가 누누이 스스로를 계모라고 그럽니다만 실은, 감히 말하는데, 극진한 사랑이었던 것 같습니다. 극진히 사랑만 주고, 따로 해준 것은 없는데 무얼 바랄 리 없지요. 그러니까 굉장히 편해지는 것이지요. 가진 사랑은 그저 속으로만, 너무 퍼붓고 퍼부어서 유약하게 만들지 말고, 한걸음 떨어져 지켜보면서 응원하는 것이 가까운 사람들의 건강한 관계가 아닌가 싶습니다.

'날개'는 훨훨 날아갈 수 있는, 스스로 꿈꿀 수 있는 힘을 줘야 한다는 말입니다. 내 아이가 뭔가를 꿈꾸고, 나아가고 싶게끔 하려면 부모가 어떻게 해야 될까요? 피아노를 치라고 닦달을 하면 피아노를 배우는 게 아니고 닦달을 배웁니다. 그리고 이런 닦달은 대대로 이어져요. 아이들은 부모와 함께 즐겁게 했던, 그 즐거움의 기억으로 뭔가를 이루고 또 나아갑니다. 그래서 함께 즐거웠던 추억이 절대적으로 필요하고, 또 그만큼 시간을 줘야 합니다. 꿈까지 주입하려 들면 안 됩니다. 그것만은 절대로 안 됩니다. 좁은 틀에 넣어서 가르치지 않아야 합니다. 물론 방임을 하라거나 버릇없게 키우라는 말은 아닙니다. 가르칠 건 따끔하게 가르쳐야지요.

모든 부모가 시간이 많지만은 않습니다. 그렇지만 짧더라도 그 적은 시간이 정말 소중하도록, 함께하는 즐거움이 있어야 합니다. 아이는 그 힘을 가지고 무엇을 하면 내가 또 즐거울까를 생각하면서 비로소 꿈을 꾸게 되는 것이지요. 그래서 틈이 있어야 합니다. 쉴 틈이 없으면, 스케줄이 쫙 짜여 있으면 꿈까지 생길 틈이 없어요. 좀 멍하니 있을 시간도 있고 이래야 뭐가 고이지요. 그러니까 부모가 아이들에게 날개를 달아주기 위해 해야 하는 가장 중요한 것이 아이들 마음속에 뜻과 꿈이 자리잡을 수 있는 시간을 주는 것입니다. 기다려주고 지켜봐주어야 합니다.

특히 저는 소위 말하는 '학원 뺑뺑이'를 정말 염려합니다. 남들 다 하는데 안 할 수 없다고들 하지만 꼭 그렇지만도 않습니다. 선행 학습을 시키면 학교에서 그때그때 효과가 나고 성적이 올라가는 것은 사실인데, 이로 인해 무슨 문제가 생기는지 부모들도 사실은 다 알고 있습니다. 아이가 지금 막 공부하려고 하는데, 거기에 대고 부모가 공부하라고 말하면 하려던 공부도 하기 싫어지는 법입니다. 그리고 미리 공부를 시켜놓으면 일단은 하긴 하는데, 다음에 이거 하고 싶은 마음이 생기지 않습니다. 이미 학원에서 공부를 다했는데, 학교에서 무슨 공부가 재미있겠습니까. 남들 다 하는데 안 하면 큰일날 것 같고, 뒤떨어질 것 같은 느낌도 그렇지만, 사실 부모 노릇하기 가장 어려웠던 것은 남들처럼 못해서가 아니고, 남들처럼 안 하고 참는 일, 그게 제일 어려웠던 것 같습니다.

제 아이들 예로 다시 돌아가보면, 어떻게 들릴지 모르겠습니다만 딸아이가 고등학교 2학년 2학기 무렵 저에게 학교를 자퇴하겠다고 말했어요. 놀라서 이유를 물었습니다. 함께 학교에 다니는 아이들이 대부분 과외를 하기 때문에 제 딸만 집에 굉장히 일찍 집에 왔는데요, 보통 5~6교시 끝나면 옵니다. 그런데 자기는 집에서 하루종일 책 보고 놀다가 가끔 놀러오는 애들이 있으면 같이 놀면서 학교를 다녔는데, 고등학교 2학년 2학기가 돼서 가만히 생각해보니까 지금 성적, 내신으로는 도저히 대학을 못 간다는 거예요. 그래서 자퇴를 하고 검정고시를 보겠다는 것이었습니다. 언제든 아이들의 말을 존중했던 것 같습니다. 그런데 제 기억으로는 그때 유일하게 꽤 강하게 반대를 했습니다. 무슨 말인지는 알지만 그래도 제도권 안에서 길을 가는 게 그래도 쉬운 길 아니겠느냐, 중졸이 되어 새로 시작하려면 그게 조금 더 힘들지 않겠느냐, 한 번만 더 생각해보자. 그렇게 말했습니다. 그랬더니 며칠 지나서 그냥 다니겠다고 이야기하더라고요. 그럼에도 저는 저나름대로 걱정이 참 컸지요. 그 성적으로 대학교 못간다니 말이에요. 그러다 겨울 방학이 됐는데, 세상에 얘가 다 싸짊어지고 노량진 고시촌으로 들어가는 거예요. 고등학교 2학년인 여자아이가 말이에요. 아마도 굉장히 지독하게 공부를 한 것 같습니다. 그런데 저는 그 공부할 힘이 이미 딸아이에게 충분히 있었다고 봅니다. 왜냐하면 정말 많은 책을 읽었거든요. 그렇게 고시원에서 겨울방학을 다 보내고 돌아와서 봄이 됐는데, 저한테 "제가 물리만 한두 달 과외를 하면 안 될까요?"라고 하더라고요. 그건 자기가 도저히 혼자 못 하겠었나봅니다. 그렇게 물리 과외를 한두 달 해서 대학을 잘 갔습니다. 물론 머리가 좋아서 그랬다고 생각할 수도 있겠지만 그 많은 책을 읽고, 그만큼 많은 생각을 하고, 정말 자기가 꼭 필요해서 시작했을 때 그 바탕 위에서 요구되는 정도의 노력을 하는 것이 그렇게 못할 일은 아니었던 것 같습니다. 사실 딸이나 저나 얼마나 불안했겠어요. 그런데 그것 또한 스스로 이겨내야지 어쩌겠습니까.

부모는 아이들이 엎어지고 자빠지고 다치고 실수하

고 방황하는 것을 잘 겪어내도록 믿고 지켜봐줘야 합니다. 이미 이야기했습니다만, 제 경우에는 부모님께 정말 사랑을 많이 받았습니다. 그래서 나름대로 바르게 가려고 애쓸 수밖에 없었습니다. 아버지도 참 많은 것을 공부하시고 경험이 많으신 분이지만, 평생 그냥 지켜봐주셨지 이래라저래라 하는 법이 없으셨지요. 그것은 엄청난 신뢰가 바탕에 있기 때문에 가능했다고 생각합니다.

부모님이 돌아가시고 나니까 제가 뭔가를 애쓰고 있을 때 잘해나가리라고 말없이 믿어주시고, 뭔가를 애써서 잘했을 때 그걸 기뻐해주시는 분들이 없어져버렸더라고요. 물론 친구도 있고, 가족도 있지만 어떤 절대적인 신뢰와 기쁨은 부모가 아닌 경우 그런 순도가 되지 못하기 때문에, 되돌아 생각해보면 사랑의 가장 좋은 방법은 믿어주는 게 아니었나 싶습니다.

시간이 좀 걸리는 일입니다. 잔소리하고 학원도 보내고 과외도 시키면 당장은 조금 효과가 있겠습니다만, 길게 봤을 때 넘어져 수렁에 처박혀도 다시 일어날 수 있는 힘은, 앞에 절벽이어도 뚫고 나갈 수 있었던 힘은 그 절대적인 사랑과 신뢰, 그 믿음의 힘이 아니었던가 생각해봅니다.

헤맨 만큼 넓어지는 영토

얼마 전 일산에 있는 어린이집에 강연을 다녀왔습니다. 각각 '나무와 새' '나무 둥지' '느티나무'라는 이름의 어린이집 세 곳이 함께 마련한 자리였는데, 고단했지만 참 즐겁게 다녀왔습니다. 부모가 제 아이 하나 돌보기도 쉽지 않은데 여러 아이들을 돌보는 선생님들이 제 책을 읽고, 그 아이들 부모님께 들려주고 싶은 이야기가 있어 저를 불렀다는 것이 참 감사했습니다.

가서 보니 더욱 즐거웠습니다. 마침 어린이들이 손에 손을 잡고, 자기들이 가꾸는 텃밭으로 가고 있는 중이었어요. 얼마나 예뻤는지 모릅니다.

그곳에서도 부모가 자녀에게 주어야 할 것 두 가지, 뿌리와 날개에 대해 이야기했습니다. 아이들에게서 날개가 돋아나기를, 꿈과 뜻이 자라기를 기다려주는 것. 부모가 대신 달아주면 짐이 될 뿐이지요. 그 어려운 일을 젊은 부모들이 꼭 해주기를 바랍니다. 더욱 바라는 것은 아이들이 땅에 발 디디고 뿌리 내리도록 해주는 것입니다. 아이가 발을 뗐다는 생각이 들 때 구역 하나를 정해주는 일. 이 구역, 요만큼은 내가 딱 책임진다. 혼자서. 그렇게 시작된 세상 한 귀퉁이가 점점 자라나 세계로 뻗어나가기를 바랍니다.

좋은 질문이 많았지만, 그중에서도 한 가지가 기억에 남습니다. 아이에게 뭘 가르치려 해봐도, 예컨대 유아원 갈 때 자기 물건을 챙기게 해봐도, 며칠 못 가서 화도 나고 답답하다는 것입니다. 이렇게 대답했습니다. 뭘 빠뜨리고 가면, 그렇게 가서 낭패인 것을 경험하지 않겠는가. 겉옷을 안 입고 가면 춥다는 걸 배울 것이고, 옷을 뒤집어 입고 간들 대수겠는가. 세상에 수업료 없는 수업이 어디 있는가. 부모는 다 아이가 평탄하고 곧은 길(그것도 자주, 부모 안목의 허구입니다)로 가길 바라지만 아이는 다른 길을 가보고, 엎어지고 자빠지며 경험을 쌓습니다. 그렇게 헤맨 곳이 그 아이의 영토가 된다고 저는 늘 말합니다. 부모가 할 수 있는 일은 아이가 뭐 하나라도 해냈을 때 눈여겨보고 칭찬하고 격려해주는 것 정도입니다. 비슷한 이야기를 기회 있으면 늘 하곤 하지요. 아이 스스로에게서 뭔가가 자랄 때를 기다리지 못하고, 이것저것 주입하며 아이의 인생에 마구 개입하는 부모들의 자신감이 놀랍기도 하지만 우려도 많이 되기 때문입니다. 교육에 관해서는 이야기하기야 쉽지만, 막상 닥치면 현실의 일상이 쉽지 않은 줄은 너무도 잘 알지만, 이제는 정말 그런 이야기를 좀 해야 하지 않을까 싶어 이즈음 기회가 있고 형편이 되면 떠듭니다.

여주 끝에서 일산까지는 만만찮은 거리였습니다. 고단했지만 이런 선생님들이 계시다는 것이 얼마나 감사하고, 또 경청하는 학부모들이 있어 얼마나 감사하던지요. 좋은 사회 구성원이 잘 키워지는 곳, 거기 아니면 달리 어디에 우리의 미래가 있겠습니까.

함께 가꾸어가는
공동체 정원

저는 여백서원과 괴테마을을 짓고 살고 있습니다. 그런데 생각해보면 여백서원도, 괴테마을도 온전히 저 혼자 지은 것이 아닙니다. 정말 많은 분들의 기적과도 같은 도움이 없었다면 불가능했을 일이지요.

여백서원은 우리를, 또 자신을 돌아보는 곳으로 생각하고 지었는데, 여백서원을 찾는 분들을 만나다보니 조금 더해지는 생각이 있었어요. 뒤돌아보는 건 물론 중요하지만, 서원이라고 그저 옛것만 생각해서 될 리 없고 시야는 넓혀야 하고, 눈높이도 학문에서든 문화에서든 세계와 발맞춰야지요. 앞도 내다봐야 하고요. 그런 생각의 끝이 괴테마을에 닿았습니다. 괴테라는 사람은 자신을 잘 키워 그야말로 극대화한 인물이거든요.

독일 여러 곳에 흩어져 있는 괴테 관련 시설들을 한데 모아볼 생각을 했습니다. 그러나 저 자신이 혼자 할 수 있는 일은 아니라서, 언젠가 눈여겨보는 누군가가 있기를 바라며 그 계획을 프레젠테이션 영상으로, 또 작은 설명서 책자로 만들어두었어요. 그렇게 몇 년이 지났는데, 언젠가 괴테의 도시 바이마르에서 강연 끝에 질의응답을 하며 그 이야기를 조금 하게 되었습니다. 행사가 끝나고 나서 낯선 분이 좀 만나자고 해서 저녁에 만났습니다. 그런데 그분이, 생면부지의 독일인이, 그 꿈 꼭 이루라면서 두꺼운 돈 봉투를 주는 것이었어요. 많이 놀랐습니다. 얼른 뭔가 보답을 하고 싶어 여백서원에 짓다가 그만둔 '스무 명을 위한 파우스트 극장'을 짓고 감사패를 걸었습니다. 그런데 이 감사패가 대형 자석 역할을 한 것 같아요. 놀랍게도 아주 차츰 땅을 주시고, 건축비를 주시는 분들이 나타났습니다.

저로서는 지어내기도 어려운 동화 같은 이야기들이 이어져, 마침내 괴테마을의 첫 삽을 뜨게 되었습니다.

우여곡절이야 많았지요. 저는 처음에 바이마르 괴테하우스 본관의 주요 부분을 따라 짓고, 나중에 혹시 형편이 되면 작은 집들을 지을 생각이었습니다. 그런데 하필 코로나 기간이었고 허가가 아주 오래 걸린 데다, 드디어 허가가 나오자 건축비가 너무 올라 지을 수가 없게 되었어요. 그래서 상대적으로 작은 건물인 젊은 괴테의 집을 먼저 짓게 되었습니다. 젊은 괴테의 집은 자기를 키우는 문제, 한 단어로 줄이면 '극복'을 주제로 한 작은 도서관과 괴테 전시실 그리고 작은 카페를 갖춘 공간으로 2023년 10월에 개관했고, 이어 괴테의 첫 집, 즉 세상에 자기를 세운 6년을 보낸 정원집도 이제 막 다 지어졌습니다.

괴테마을의 정원들

이 두 집에서는 집도 집이지만, 뜰이 여백에서 보다더 큰 의미를 갖게 되었습니다. 집을 설계하기 이전에 뜰부터 구상을 했거든요. 누구든 함께 가꾸어가는 '공동체 정원'을 먼저 생각했던 겁니다. 저의 뜻을 전해듣고, 젊은 괴테의 집이 지어지자 차츰 모여든 봉사자들

이 '수선화 펀딩'이라는 걸 했어요. 건물 뒤에 숲에 감싸인 자연 연못이 있는데 그 주변에 수선화를 심겠다고요. 작은 돈을 모아 구근을 사서 함께 심었는데 세상에 250여 분이 참석하셨어요. 연못가에 가득 핀 아름다운 수선화가 첫 봄을 장식했습니다. 그 고마운 분들의 이름은 빠짐없이 고운 감사패에 담기고요.

젊은 괴테의 집 앞의 정원은, 터부터 바이마르의 괴테하우스의 정원과 비슷하게 만들었습니다. 그러나 큰 차이가 있었어요. 긴 직사각형 카펫 두 장, 정사각형 카펫 넉 장을 까는 듯 정원 터를 놓았는데, 그 여섯 장의 "카펫" 둘레를 회양목으로 선명하게 테두리를 만들고 테두리를 따라 70센티미터쯤 흙을 남겨두고 그 안쪽에다 사각형으로 잔디를 심었습니다. 누구든 자기 좋아하는 꽃이나 나무를 두엇 들고 와서 심고 가꾸면 모두의 뜰인 그 정원 전체가 자기 뜰이 되는 것이지요. 이 뜰은 제가 참 오래 꿈꾼 공간입니다. 도토리 키 재기 하면서 부대끼지만 말고, 누가 뭐 가졌나 보지만 말고 이렇게 꽃 몇 포기를 심음으로써 함께하는 곳 말입니다.

날짜를 몇 번 정해놓았더니 많은 분들이 오셔서 함

께 꽃을 심었고, 더러는 본인 꽃밭의 이름도 지어 이름표도 꽂아놓으시고, 그렇게 단번에 넓은 정원이 조성되었습니다. 함께 꽃을 심기 전에 제가 한 일은 겨우, 혹여 너무 중구난방이 되지는 않도록 마치 경계석처럼 라임라이트 수국을 여기 저기 기준점처럼 심어놓는 것이었습니다. 그리고 여섯 장의 카펫 같은 잔디밭 중 기다란 직사각형 잔디 한가운데 아주 작은 편백나무를 한 그루를 심었습니다. 왜 편백나무인가 하면, 여백서원을 찾아오셨던 창덕궁 해설사 분들이 창덕궁 후원에서 씨앗을 싹 티운 어린 나무 둘을 가지고 오셨거든요. 아기 편백나무 한 그루와 엄나무 한 그루. 엄나무는 숲과의 경계에다 심고 편백나무를 잔디 한가운데 심었습니다. 이 편백나무는 창덕궁에서 싹튼 귀한 것인 데다 상록수이기도 하고, 또 독일어로는 '생명나무Baum des Lebens'여서 더욱 뜻이 깊지요. 그런 데다 이 아기 나무가 젊은 괴테의 집과 얼추 동갑이기도 합니다.

그 어린 한 그루 편백나무를 보면서 저는 늘, 그것이 독일 바이마르 괴테하우스 뜰의 참나무처럼 우람해질 시간을 함께 생각합니다. 집을 지을 때도 건축가에게 부탁하는 잔소리는 딱 한 가지, "적어도 200~300년은 문제없이 가야 하는 집이다"였습니다. 급하고, 숨가쁘고, 재미있는 것, 손쉬운 것이 선호되는 시대에 저는, 사람들이 다른 생각도 하기를 말없이 바라는 겁니다. 공들이고, 그래서 오래 가는 것 말입니다.

젊은 괴테의 집 앞뜰은 제 뜻대로 그렇게 조성되었는데, 뒤뜰도 놀랍게 이루어졌습니다. 건물 공사가 끝날 무렵 석축 쌓고 남은 돌과 디딤돌을 제가 놓아두었습니다만, 진종일 비가 내린 어느 이른 봄날, 천사들이 떼로 나타났어요. 조경학과 교수님들, 조경 전문가들, 뜻을 함께하시는 분들이 꽃과 나무를 바리바리 싣고 오셔서 돌만 놓였던 뒤뜰에다 지형과 일조량에 맞추어 이 나무, 저 꽃을 심어 단번에 꽃밭으로 만들어놓으셨어요(이 놀라운 분들은 16년째 한 해에 한 곳을 정하여 봉사를 해오셨답니다). 최고 전문가의 손길로요. 감사를 어찌 표해야 할지 모르겠습니다.

이제 막 지어진 정원집의 아주 작은 뜰을 꾸며야 할 때입니다. 그림이야 벌써 오래전부터 선명하게 있고요. 바이마르의 정원집처럼 건물 벽에 장미와 포도를 올리려고 나무 시렁을 빼곡히 박아놓았지요. 마침 바이마르 정원집과 이 정원집은 지어진 방향도 같습니다. 똑같이 서향인 정면에는 장미를, 남향인 오른쪽 벽에는 포도를 올릴 겁니다. 동향인 뒷면에는 인동이 올라갈 거고요. 똑같이 따라 지은 집입니다. 시렁의 막대 숫자까지 똑같아요. 동쪽 산비탈을 조금 다듬었는데, 공중정원, '바람 정원'이 생겨날 겁니다. 벤치 하나쯤을 놓을, 좀 높은 곳의 작은 쉼터에는 사궤석을 조금 깔 것인데, 그 조그만 사궤석도 저나 석공이 다 까는 것이 아니라, 돌무더기를 초입에 쌓아두고 누구든 한 개씩 가져다 박아 원을 점점 크게 그려나가는 것으로 생각하고 있습니다. 그리고 연못 뒤의 숲에는 오솔길을 따라, 뭔가 꾸미지 않고 그냥, 여백서원 뒷산 능선의 '괴테 길'처럼 노년의 괴테의 지혜가 담긴 시구들을 담아 작은 판에 새겨둘 생각입니다.

짓지 못하게 된 괴테하우스 본관 터에는 메밀 씨앗을 20킬로나 뿌려두었습니다. 혹시 이 집이 지어진다면 그 뜰에 온실도 하나 만들 건데, 그 안에는 괴테가 『식물변형론』에서 다루고 있는 식물 70가지가 들어가게 될 예정입니다. 역시, 제가 지을 힘이 없는 각 부대시설들(색채론 실험실, 작은 천문대, 책 오두막들)이 들어섰으면 하는, 경치 좋은 산비탈의 일곱 계단 땅에는 한 단에는 '독일 붓꽃'을 가득 심어놓고, 다른 단에는 라임라이트 목수국을, 맨 위쪽 단에는 남천을 가득 심어두었습니다. 언젠가 뜻하는 집들이 지어질 수 있을 때 들어설 자리는 일일이 다 표시를 해두고요. 아래쪽 세 단은 연못인데 그곳도 첫째 연못은 노란 붓꽃으로, 둘째 연못은 보라 붓꽃을 채울 생각으로 옮겨심기 시작했고, 셋째 연못의 무성한 갈대는 캐널 길이 없어 거기는 그대로 갈대 연못으로 둘 생각입니다.

노란 붓꽃 이야기

그중 첫째 연못을 채우게 될 노란 붓꽃 이야기로 마무리를 할까 합니다. 노란 붓꽃 한 포기가 전체를 꿰고 있거든요. 아주 여러 해 전, 학교의 연구실로 학생 하나가 붓꽃 한 포기가 담긴 제법 큰 화분을 들고 왔습니다. 화분을 들고 온 학생에게 제가 고맙다는 말을 못 하고(학창 시절 내내 심한 병으로 여러 차례 수술을 받은 학생인데 찾아온 걸 보니 이제 좀 나은 거라 너무도 감사해서 목이 메어 말을 못한 것이지요), 오히려 좀 야단을 쳤습니다. "첫째, 좀 나았다 한들 네가 지금 이런 걸 들고 다닐 처지냐. 둘째, 붓꽃은 화분에 심는 게 아니다." 그러면서 둘이 함께 교정에 있는 연못 자하연으로 내려가 그 붓꽃을 심었습니다. 연못 한 귀퉁이에 그 귀한 노란 붓꽃은 뿌리내렸고, 그사이 연못 공사가 있었음에도 몇 년 지나지 않아 제법 큰 그 연못의 한쪽을 아름답게 채웠습니다.

그 붓꽃이 귀해서 쳐다보곤 하다가, 지금 여백서원 자리의 땅을 어처구니없게 계약했을 때쯤 그중 한 포기를 캐다가 그 땅에 생겨난 아주 작은 연못에다 심었습니다. 몇 년 지나지 않아 연못은 노란 붓꽃으로 가득찼습니다. 몇 년 뒤 친구들을 위한 집인 우정 앞에 사각의 연못을 조성했을 때 그 네 귀퉁이 중 가장 습한 한 귀퉁이에다도 노란 붓꽃 한 포기를 옮겨 심었습니다. 그 한 포기가 힘차게 자라 연못 한 귀퉁이가 또 노랗게 찼습니다. 그러다 젊은 괴테의 집을 지으면서 그 사각 연못의 무성한 붓꽃 중에서 세 무더기를 캐다가 그 뒤뜰 연못에서 내려오는 물이 흐르는 작은 개울에다 여러 포기로 나누어 심었습니다. 벌써 작은 개울이 붓꽃 개울이 되려 하고 있습니다. 사각 연못에서 캔 또 한 무더기는 일곱 계단 땅 중 첫째 연못에다 심었습니다. 제법 큰 그 연못도 머지않아 노란 붓꽃으로 가득차겠지요. 그 생각으로 벌써부터 기쁩니다. 화분에 담겨왔던 한 포기 붓꽃이 이렇듯 번졌습니다. 여백 서원과 괴테마을 전체로요.

학창 시절, 놓치지 않나 싶어 애태웠던 제자도 가까스로 병마를 이겨낸 몸으로, 로스쿨까지 마치고 어려운 사람들을 돕는 변호사로 활동하고 있습니다. 해마다 여기저기에서 피는 노란 붓꽃들에는 늘, 역경을 이긴 한 젊은 변호사의 선한 얼굴이 어려 있지요. 서원 뜰을 거니노라면 나무들을 입양한 나무 주인들의 얼굴이 스쳐가고요. 늘 아름다운 사람들에 둘러싸여 제가 사는 겁니다. 고단한 주경야독의 수고가 있기는 합니다만, 조금 가꾸고 이렇게나 많이 받습니다.

65년 만의 보답

언젠가 누가 차에 도자기를 가득 싣고 서원에 왔습니다. 누군가 했더니 초등학교 2학년 때, 그러니까 한

65년 전에 한 반을 했던 친구였습니다. 물론 졸업 이후에도 어디선가 또 만나긴 했었지만 그러고 나서 여러 해가 지나도록 서로 연락이 없었는데, 갑자기 도자기를 가득 싣고 오니 무슨 영문인지 궁금했습니다. 그런데 그 도자기들을 서원에 기증하겠다고 하는 거예요. 깜짝 놀라서 왜 그러느냐 물었더니, 옛날에 제가 자기한테 잘했던 게 기억이 나서라고 합니다. 세상에, 초등학생이 무슨 일을 얼마나 잘했겠습니까. 뭔지는 모르지만 대단한 일은 결코 아니었을 거예요. 아마 그 친구가 뭔가 어려운 일을 당했을 때 조금 눈여겨봐주거나 그 정도였겠지요. 당사자는 기억도 하지 못하는 작은 일을 내내 잊지 않고 있다가 60년의 세월을 넘어서 보답하려는 친구가 참 대단해 보였습니다.

내가 상처받고 아프다는 것은, 상처받고 아픈 것이 얼마나 힘든지 안다는 것입니다. 그 앎을 다른 사람들과 나눌 수 있었으면 좋겠습니다. 그런 일을 내가 굉장한 사람이 돼서, 굉장한 지위에 있어서, 굉장한 힘이 있어서 재력이 있어서 할 수 있는 게 아니고 시골에 사는 어린 초등학생도 할 수 있는 일인 거예요. 한 사람의 인생에 조금이나마 도움이 될 수 있는 일 말입니다.

이 모든 이야기는 다시 제가 만들려 애쓰는 공동체로 귀결됩니다. 같이 살아야 돼요. 내 아이만 잘 키운다고 해서 만사가 해결되는 게 아닙니다. 내 아이가 살아가야 할 세상에도 신경을 써야지요. 지금처럼 자기만 생각한다면 앞으로도 세상이 많이 험해질 것 같습니다. 그래서 더욱더 같이 살아야 하고, 둘러볼 줄 알아야 합니다.

작년 여름 바이마르에서 아우슈비츠 생존자들을 돌보는 분이 해주셨던 이야기가 기억납니다. 그분이 직접 생존자한테서 들은 얘기입니다. 한 유대인 학생이 어느 날 학교에 갔더니 그전에는 안 그랬는데 갑자기 아무도 자기와 이야기하지 않았다고 합니다. 친구들과 같이 놀이터에 갈 수 없었고, 친구들의 생일파티에도 더 이상 초대받지 못했습니다. 완전히 고립된 것이지요. 그의 유일한 잘못은 그가 유대인이라는 것이었습니다. 어린 소년은 도무지 이해할 수 없었겠지요. 그런 배제의 끝은 아우슈비츠였습니다. 그를 아우슈비츠까지 몰아간 시작은 바로 교실에서부터였고요. 그런 따돌림이 일어난 것은 다른 아이들의 부모들이 다른 결정을 했기 때문입니다. 크고 작은 상황은 다양하고 불가피해

보이지만 누구든 그 어느 순간에든 스스로 선택은 할 수 있습니다. 그분의 결론은 우리에게는 언제나 선택할 수 있는 능력이 있다, 즉 좋은 인간이 될 것인가, 나쁜 인간이 될 것인가를 크고 작은 일에서 스스로 결정할 수 있다는 것입니다. 아우슈비츠와 같은 어떤 큰일, 인간의 정말 기가 막힌 어두운 면들, 이런 것을 누군가가 나서서 단칼에 해결할 수는 없겠지요. 그러나 우리가 작은 일 하나부터 바르게 선택해갈 때, 정말 사람을 구할 수도 있고 사회를 지켜갈 수도 있습니다. 그것이 무엇보다도 나 자신을 굳게 세우고 또 세상을 살 만하게 하는 길이 아닐까 합니다.

죽음을 굳이
떠올리지 않습니다

최근에 정말 아름답게 연세 드신 일곱 분을 만났습니다. 70~80대 연령의 다양한 분들의 모임인데요, 심지어 90세인 분도 계십니다. 1991년 4월 1일부터 단한 달도 거르지 않고 20여 년간 매달 만나 꾸준히 "죽음"에 관한 책을 읽어오셨다고 합니다. 무슨 연유인가하니, 모임의 이름이 바로 '메멘토 모리 리딩 클럽'입니다. 한국에도 잘 알려진 '메멘토 모리Memento mori'라는 라틴어는 번역해보자면 '죽음을 기억하라'라는 뜻인데요, 이 모임에는 회장도 회비도 없고, 각자 매달한 번씩 돌아가면서 책을 골라서 발제를 하고 함께 읽는다고 합니다. 이제 그 권수가 200여 권이 넘습니다. 200권을 읽으신 다음에는 그중 52권을 골라서 발제 문을 정리해 책으로 묶었다고 하네요.

세상의 모든 문제에 즉답은 없지만, 그 문제가 무엇 인지를 잘 알 수 있어야 그것을 감당할 힘이 생깁니다. 문제 중의 문제, 우리가 도저히 풀어낼 수 없는 죽음이 라는 이 막강한 문제에 매달리고 매달려서 거기로부터 자유로워진, 그런 모습이 그분들에게서 한눈에 보였습 니다. 그분들이 펴낸 책의 제목도 '죽음으로부터의 자 유'입니다. "나이듦"과 죽음에 대한 치열한 성찰이 오히 려 그분들을 죽음으로부터 자유로워진 아름다운 모습 으로 만들지 않았나 싶습니다.

꼭 노년의 문제만 그렇겠습니까. 뭔가 내가 맞닥뜨 린 문제, 치열하게 그것과 대결할 때 그 과정에서 이루 어지는 어떤 깨달음이랄까요, 그리고 그 과정이 드높 여주는 우리 삶의 위상이 상당히 고고합니다. 당면한 문제를 이렇게 치열한 독서와 성찰로 풀어갈 줄 아는 분들을 뵌 것도 반가웠고, 그런 책을 만난 것도 반가 웠습니다. 우리가 삶의 문제들을 대하는 멋진 태도를 하나 본 것 같습니다. 노령은 이렇게 아름다울 수도 있습니다.

초조와 후회

사실 저는 생과 사에 대해 이야기하기에 매우 부적절한 사람입니다. 일단 나이는 먹었습니다만, 죽음에 대해서 깊이 생각해보지 않았기 때문입니다. 무엇보다도 죽음에 대한 준비는 있을 수 있지만, 두렵다는 생각은 전혀 안 하기 때문에 사실 제 이야기가 일반적으로 통용될 수 있는지도 확신할 수 없습니다.

일단 죽음 자체를 잘 떠올리지 않습니다. 일부러 회피하는 것이 아니고, 군이 예를 들어 설명하자면 들꽃이 시들지 않겠다고, 혹은 시들면 어쩌나 부들부들 떤다면 참 우스울 것 같다는 생각이 듭니다. 그냥 우리도 대자연의 생물 중 하나라 그냥 정해진 대로 사는 것이니까요. 그래도 군이 생각을 해보자면, 시간이 아주 약간만, 조금만 더 있으면 좋겠습니다. 평소에도 애는 쓰고 삽니다만 내가 앉았던 자리를 말끔하게 해놓을 그런 시간만은 조금 있으면 좋을 것 같아서요.

저는 뭔가 배우기 위해, 혹은 전하기 위해서 정말 많

이 돌아다닌 사람입니다. 워낙 자주 떠나기 때문에 언제나 뒷자리를 좀 정돈하려고 애를 씁니다. 많은 곳을 갑니다만 내가 여기 또 오겠나, 이런 생각이 들어서 뒷정리를 깨끗하게 해놓고 오려고 하는 것이지요. 특히 호텔 아니고, 어디 아는 댁에 머물렀다거나 하면 묵었던 방을 깨끗이 청소하고, 이불 홑청과 시트도 다 벗겨서 세탁기에 딱 넣어두고 오곤 하는데요. 그래서 정말 떠날 때도, 최종적으로 떠날 때도 조금만 시간이 있어서 내가 이렇게 벌여놓고 사는 것들 조금이나마 정리할 시간이 있으면 좋겠다, 그 정도가 제가 유일하게 바라는 희망입니다.

나이가 들었기 때문에 나이듦에 대한 생각을 하긴 해야겠는데, 별로 안 하는 이유가 뭐 새삼스러운 게 없어서 그렇습니다. 감히 말하자면 늘 힘껏 살았고, 최선을 다해서 살았고, 거기에 어떤 후회나 회한 같은 게 끼어들 여지가 별로 없어서 언제 회수당해도 불만 없다는 생각입니다. 저는 병원도 잘 안 가는 사람이고 몸에 들인 공이라고는 없어서 정말로 언제 회수를 당해도 불만이 전혀 없습니다.

조금 더 솔직하게 얘기를 하자면, 젊었을 때는 정말 한 치 앞이 안 보였고 그저 눈앞이 캄캄해서 무슨 수를 써야 세상을 살 것 같았는데, 무슨 수를 어떻게 써야 되는지 몰라서 참 답답했었거든요. 그래서 젊은 시절, 특히 스무 살 즈음에 어렴풋이 인생에 대해 가졌던 생각으로 기억나는 것은 '그냥 살아도 되는 거 한번 해보고 싶다'였습니다. 그냥 살아도 살아지는 것. 지금 생각하니까 아마 무슨 수 쓰지 않고 내가 바르고 옳다고 생각하는 일을 하면서 사는 걸 생각했던 것 같은데, 그때는 차마 '옳다고 생각하는 것'이라는 당당한 제한을 붙일 수 없었어요.

세상이 너무 무서웠습니다. 그래서 딱 그 정도가 젊은 날의 소망이었습니다. 무슨 수 하나도 못 쓰고, 늘 바보처럼 살았는데, 그런데 살아졌어요. 그것도 제법 그럴듯하게 살아지더라고요.

이제는 제법 살고 보니까 어떤 생각이 드느냐 하면, 좀 오해받을 수 있는 발언입니다만, 제 솔직한 노년의 심경은 '그냥 사는 거 하기 싫다', 이런 이상한 생각입니다. 무슨 말인가 하면, 오로지 살기 위해서, 뭐 조금 더 오래 살기 위해서, 조금 더 건강하게 살기 위해서 모든 노력을 기울이는 일은 개인적으로 하고 싶지 않습니다. 평생을 바보처럼 살았지만 그래도 읽고, 쓰고, 경험하고 살다보니 나름은 생각도 많이 했고, 경험도 많이 쌓였는데, 그 모든 것을 오로지 내 생명을 유지하는 데 쓴다는 것이 어쩐지 용납이 안 됩니다. 그래도 힘들게 내가 모아 가진 것들, 행여 그 가운데 지혜의 알갱이가 조금이라도 섞여 있다면 좀 같이 나누고, 또 어딘가 제가 쓰임새가 있는 곳이 있다면 할일도 찾아서 하며 살아야 할 것 같습니다.

많은 경험과 지혜를 그저 내 몸 하나 간수하는 데만 쓰지 않고, 나의 바깥, 나 말고도 어쩌면 나보다 경험이 조금 적을, 어쩌면 지혜가 좀 작을 수도 있는 그런 부분들을 조금 매워주는 역할을 하고 싶습니다. 누가 해달라고 하지 않아도 찾아서, 그게 굳이 큰일, 빛나는 일, 뭐 남이 알아주는 번듯한 일, 돈 벌어오는 일이 아니더라도 괜찮습니다.

먹고살기도 힘든데 한가로운 소리한다고 비난받을 수도 있고, 생존을 위한 엄청난 노력을 해야 하는 분들도 있어서 말하기 참 조심스럽지만, 그러나 그래도 스스로 먹을 것 정도 해결된다면 그 밖의 것은 여러 의미에서의 나누는 데 써야 되지 않을까 생각합니다.

　제가 나이들었기 때문에 유의하는 것이 하나 있는
데, 바로 젊은 사람들 하는 일에 간섭하지 않는 것입
니다. 그건 정말 스스로 자주 명심하곤 합니다. 예전을
떠올려보면, 그때는 수명이 짧아서 더 그랬겠습니다만,
우리네 어른들은 기본적으로 '내가 뭘 알겠는가. 이제
젊은 사람들이 잘 알지. 젊은 사람들 뜻에 따라야지',
이런 태도가 있었던 것 같습니다. 그런데 요즘 저처럼
나이드신 분들은 유튜브도 많이 보고 그만큼 아는 게
많다보니, 그리고 당연히 좋은 뜻과 노파심에서 그러시
겠지만, 젊은 사람들이 하는 일에 이렇게 해라, 저렇게
해라, 이런 조언을 하시는 분들이 많은 것 같아서 저라
도 그러지 않으려고 조심합니다. 물론 누구라도 좋은,
반듯한 자기주장은 마음속에 있어야 되겠지만, 그걸
굳이 나서서 젊은 사람들에게 말할 필요는 없는 것 같
아요. 일단은 조금 물러서는 자세가 필요한 것 같습니
다. 젊은 사람과의 관계에서는 특히 아끼는 사람일수
록 조금 거리를 두고, 조금씩 오래오래 아끼는 게 좋지
않을까 싶어요. 그런데 그렇지 않은 경우가 너무 많기

때문에 배반을 겪는 것이고, 상실의 아픔을 겪기도 하는 것이겠지요.

"아무짝에도 쓸모없는 건 초조,/ 더더욱 쓸모없는 건 후회/ 초조는 있는 죄를 늘리고/ 후회는 새 죄를 만들어낸다." 괴테는 '초조와 후회'가 아주 쓸모없는 것이라고 말합니다. 그렇다면 지나간 시간을 후회하는 대신 무엇을 해야 할까요? 이건 제가 답하기 참 어려운데요, 왜냐하면 크게 후회하지 않으며 살았기 때문입니다. 어떻게 후회를 안 하고 살 수가 있느냐고요? 그건 언제나 최선을 다했기 때문입니다. 그 이상은 할 수가 없었고, 그랬기 때문에 조금 뭘 못했어도 스스로 용서를 하는 것이지요. 최선을 다했고 그러면 된 것 아닐까요.

호기롭게 얘기했습니다만 또 부모와 자식, 이런 문제에서는 다시 자신이 좀 없어지네요. '아, 그래도 자식들한테 이런 건 해줬어야 되지 않을까, 내가 그렇게 강하게 키우지 말고 저런 건 해줬어야 되지 않을까', 이런 마음은 있습니다. 그 부분 말고는 제 인생에서 큰 후회가 없는데, 그렇다고 해서 무난하게 잘 살아온 것은 결코 아닙니다. 너무나 많은 수렁도 있었고, 눈앞이 캄캄했던 오랜 세월도 지나왔지만 언제나 나름대로 최선을 다했기 때문에 그런 나, 어린 나를, 나이든 나를 또 아껴줄 수밖에 없는 것이지요.

지난날들을 돌아봤을 때, 자신의 매 순간순간이 최선이 아니었다고 느낄 수 있습니다. 하지만 지금까지 할 수 있는 일을 하면서 잘 살아왔으니 그러면 된 것이지요. 그래도 조금 더 열심히 잘 해볼걸, 후회가 생기신다면 바로 지금 하십시오. 거대한 일, 멋진 일, 굉장한 일만 하려고 하지 말고, 지금 할 수 있는 일을 하세요. 괴테는 "황금을 쌓아두려 하지 마라. 지금 당장 잔돈을 내밀어라"라고 말했습니다. 언제 거액을 모아 멋진 일에 쾌척하겠습니까. 그때그때 할 수 있는 작은 일을 해나가며 사는 것이지요. 도움이 필요한 사람에게는 지금 줄 수 있는 도움을 주어야 하고요. 또 뭐든 그때 못 한 일은 다시 돌아가서 할 수는 없기 때문에, 지금 당장 할 수 있는 일을 하라는 말이기도 하지요.

"길은 시작되었다. 여행을 마저 하라. 근심 걱정은 아무것도 바꾸지 못한다. 당신을 영원히 내동댕이쳐 균형을 잃게 할 뿐." 이 역시 괴테의 말입니다. 두려움이

나 초조, 후회, 근심, 걱정 이런 것이 삶에 덕지덕지 붙어 있기 마련이지요. 이걸 좀 털어버리고 가는 게 남아 있는 시간을 더 환하게 만드는 방법이 아닐까 생각합니다.

요즘 사람들은 젊어 보이려고 많이들 애를 쓰곤 합니다. 저는 사실 왜 젊어 보이려고 하는지 이해를 잘 못 하겠습니다. 젊었을 때도 썩 좋은 일은 없었는데, 젊게 보인다고 이제 좋은 일이 생길 것도 아니고, 가장 큰 문제는 진짜로 젊어지면 큰일이기 때문입니다. 또 살아야 되잖아요. 이때까지 살아오느라고 얼마나 애를 썼는데, 또다시 살아야 되잖아요. 그래서 저는 절대 사양인 겁니다.

젊어지는 대신 나이들면 굉장히 좋은 점이 하나 있습니다. 바로 시간이 부족하다는 것입니다. 남은 시간이 많지 않으니 이것저것 해야 될 일을 생각하면 때때로 초조해지곤 하지요. '이걸 이만큼은 해야 될 텐데 이게 시간적으로 가능할까?' 같은 생각이 자연스레 떠오릅니다. 저 역시 지금 『괴테 전집』을 한국어로 번역하고 있는데, 과연 마무리할 수 있을지 초조해지곤 합니다. 그러나 전체적으로 봤을 때 시간이 없는 장점이 무엇인가 하면 안 해도 될 말, 빈말, 쓸데없는 말을 할 시간이 없다는 것입니다. 좋은 말, 하고 싶은 말 할 시간도 부족해요. 사람과의 만남도 그렇습니다. 좋은 사람을 만나서 좋은 이야기할 시간도 부족한데, 싫은 사람 만나서 마음에 없는 말할 시간은 정말로 없거든요. 그런 일들이 자연스레 제거되니, 매 순간 좋은 일로 가득한 것 같아서 늘 감사할 따름입니다.

괴테를 만났다는 행운

저는 괴테를 만난 것이 대단한 행운이라고 생각합니다. 나이가 들면서 좀더 깊어지고, 좀더 높아지고, 좀더 넓어지는 사람은 참 드뭅니다. 드물지만 종종 만났습니다. 그런데 나이들수록 더 새로워지는 사람은 처음이었어요. 그 사람이 괴테입니다. 늘 호기심에 가득 찬 동시에, 정말 대단한 꾸준함까지 겸비한 사람이었지요. 괴테에 대한 공부를 젊었을 때부터 평생한 건 아니고 종착역처럼 괴테 연구를 하게 됐는데, 그가 쓴 2만여 통의 편지 중 마지막 편지가 잊히지 않아서 늘 다시 보곤 합니다. 죽기 닷새 전 큰 학자 훔볼트에게 보낸 긴 장문의 편지인데, 60년을 써온 대작 『파우스트』가 이해받지 못할 거라고, 그것이 이 어수선하고 부조리한 세계 속에서 "시간의 모랫더미"에 묻혀버릴 걸 염려하는 한편, '아, 나는 이제 수양도 좀 하고 공부도 좀 해야 될 사람인데', 이러기도 하고, 당신 요즘 연구는 어떠한지 내가 사람을 보낼 테니 좀 알려줄 수 있겠느냐고 묻기도 합니다. 죽기 닷새 전에도요. 정말이지 생애 끝까지 깨어 있었던 사람입니다.

아드리아해 연안 어느 바위 언덕 위에 성이 한 채 아슬하게 대양 위로 서 있는데, 릴케는 그 성에서 인생을 깊이 생각한 『두이노의 비가』를 썼습니다. 아주 오래전에 그곳에 간 적이 있어요. 그 성에는 릴케의 이름을 붙인 오솔길이 있어 그 오솔길을 걷다가 아이비 한 가지를 꺾어 가지고 왔습니다. 그게 뿌리를 내려서 서원 뒤뜰 한구석에서 잘 자라고 있지요. 나중에 내 몸이 혹시 한 줌이 된다면, 그 아이비 옆에 함께할 수 있다면 좋겠습니다.

4장

괴테를
찾아 떠난 여행

바이마르에서
보내는 편지

바이마르에 왔습니다. 이곳에 오면 늘 미하엘 크노헤 씨의 댁에서 묵곤 합니다. 안나 아말리아 대공비 도서관 전 관장으로 명성 높은 대단한 분의 댁에 어쩌다 제 거처가 생기게 되었을까요. 퇴임 후에도 조용히 많은 일을 하고 계신 크노헤 박사는 늘 저를 대단한 사람이라 이야기하고 당신은 아무것도 아니라는 듯한 태도입니다. 사람에 대한 존중과 세심한 배려가 놀라운 분이지요. 겸손한 태도가 몸에 배어 있어 늘 저 분이야말로 '선비'라는 생각이 들곤 합니다.

안나 아말리아 대공비 도서관은 엄청난 도서관입니

다. 9미터 땅을 파서 겹겹 책꽂이에 꽂힌 책들을 일렬로 나란히 세우면 25킬로미터에 달한다는, 100만 권의 책을 채워두고도 매년 엄청난 양의 도서를 구입하는 곳이지요. 심지어 괴테 시대에만 중점을 두면서도 말입니다. 그러느라 면적을 여덟 배나 확장했건만 전혀 표 나지 않는다는 것도 참으로 놀랍습니다. 이 도서관에 오느라 저는 거의 30년째 동안 바이마르를 오가며 이곳을 제2의 고향으로 만들었고, 이 도서관을 지은 사람들과도 두루 친구가 되었습니다. 바이마르는 이 도서관 하나만으로도 꼭 찾아올 만한 곳입니다.

제가 처음으로 바이마르에 왔을 때, 매일 도서관 문이 닫힐 때야 겨우 자리에서 일어나 허겁지겁 사물함에서 짐을 챙기는 저를, 역시 건물 문이 닫히는 마지막 순간에야 겨우 사무실을 나서는 관장님이 주목하신 게 인연이 되었습니다. 그렇게 유대가 이어져 나중에는 관장님이 여백서원에도 오셨지요. 여백에 머무셨던 관장님은 깊은 인상을 받으신 듯 다음에 바이마르에 오면 호텔에 가지 말고 꼭 당신 집에 머물라고 당부하셨습니다. 권유가 강력해서 순순히 그 댁으로 가는 수밖에 없었지요.

아침에 집을 나서면 늘 그랬듯 가장 먼저 아름다운 일름공원을 걸어 도서관으로 갑니다. 이곳엔 아말리아 대공비 도서관 말고도 큰 인물 괴테의 모습이 보이는 괴테하우스와 26세 청년이 낯선 곳에서 큰 업무를 해가면서 첫 홀로서기의 삶을 시작한 정원집까지 있어 바이마르의 핵심이라 할 만합니다. 이 공원에서 숨 한 번 돌리는 것만으로도 마음이 충만해집니다.

그리고 괴테가 사랑했던 슈타인 부인의 집 앞으로 가면 괴테가 직접 심은 우람한 은행나무를 올려다봅니다. 우리나라에서는 흔하지만 독일에서는 드문데요. 괴테의 시 한 편으로 은행나무가 독일에서 엄청 유명해졌습니다. 바이마르에서는 이 은행나무가 정말 효자나무입니다. 온갖 관광상품이 은행잎 모양으로 만들어지고, 작은 화분에 심은 묘목도 잔뜩 팔고 은행나무 가로수길까지 조성되어 있습니다. 바로 『서·동 시집』에 든 시 한 편 때문이지요. 무엇보다 괴테가 심은 은행나무가 여전히 우람하게 서서 거기에서부터 바이마르의 관광 안내가 시작되곤 합니다. 그 유명한 시 「은행나무」는 이렇습니다.

이 나무의 이파리,

동방에서 와 내 정원에 맡겨져,

남모르는 뜻을 맛보게 하고

아는 사람에게 기쁨 주네.

이건 그 자체 안에서 둘로 갈라진

하나의 생명체인가?

아니면 참으로 귀하게 서로 만나

사람들이 하나인 줄 아는 둘인가?

그런 질문에 대답하려다

참뜻을 찾은 것 같네

그대 내 노래들에서 느끼지 않는가,

내가 하나이면서 둘이라는 것을?

언뜻 보기에 평범해 보이는 시 한 편으로 은행나무
가 바이마르에서 누리고 있는 위상을 생각하면, 우리
나라의 흔한 은행나무들은 조금 가엾어 보이기까지 합
니다. 시 한 편으로 나무 한 그루가 이렇게나 귀해지니
참 놀라운 일이죠. 바이마르 전체가 참 놀라운 곳입니

다. 이 작은 곳에 유례를 찾기 어려울 만큼 높은 문화와 자연이 함께 있기 때문입니다.

❖

괴테도 유명하지만, 시인 프리드리히 쉴러도 바이마르에서 빼놓을 수 없는 인물입니다. "요즘 드디어 내 집을 갖고 싶다는 오랜 소망을 깨달았습니다. 바이마르를 떠날 생각은 이제 다 접고 여기서 살다 죽을 생각입니다." 안타깝게도 쉴러는 집을 지어놓고는 3년밖에 못 살고 사망했지요. 서로 모든 것에서 몹시 다른 괴테와 쉴러 두 사람의 우정과 협업은 바이마르 고전주의라는 한 시대를 만들었습니다. 존경과 사랑이 금자탑을 쌓았지요.

쉴러는 참 어렵게 살았습니다. 괴테와는 많은 면에서 대조적인 사람이었는데, 그 둘은 성향이 많이 달라서 서로를 인지하고 있었지만 가까이하게 되기까지 오래 걸렸습니다. 괴테가 젊었을 때, 쉴러의 고등학교 졸업식에 우연히 참석하여 상을 많이 받는 쉴러를 본 적이 있었다고 합니다. 그때가 1770년대 말이었는데, 두

175

사람은 1794년에야 만나게 됩니다. 자연과학학회에 같이 갔다가 나오면서 이야기를 나누다가 그만 쉴러의 집까지 가게 되었습니다. 괴테는 이탈리아에서 식물론 연구를 하면서 팔레르모에서 떠올랐던 식물의 원형적인 모습을 열심히 그리면서 설명을 했습니다. 설명을 하면서 '이것이 나의 경험이다'라고 이야기하니 쉴러는 '아닌데요, 관념인데요'라고 말했다고 합니다. 그렇게 서로 달랐던 것이지요. 괴테는 정말 바쁘고, 여러 가지 일을 했고, 번잡했던 반면 쉴러는 늘 병약하고 어려웠습니다. 두 사람은 알게 된 후부터 쉴러가 죽은 1805년까지 편지를 어마어마하게 나눕니다. 원고를 쓰면 서로 보내주고, 격려하고, 원고가 되어가는 것을 독촉하고, 예를 들면 괴테가 『빌헬름 마이스터』를 쓰면 쉴러는 소책자가 될 만큼 장단점을 이야기해주기도 하면서 놀라운 협업의 시대가 열렸는데요. 그것을 우리는 요즘 '바이마르 고전주의'라고 부릅니다.

『파우스트』가 쉴러의 격려로 제대로 쓰이게 되고 쉴러의 대표작 『발렌슈타인』이 괴테의 독려로 마무리됐습니다. 『빌헬름 텔』 같은 작품도 괴테가 그 소재를 쉴러에게 주기도 하고요. 문학적으로 문화적으로 정신적으로 어마어마한 친구 사이가 한 시대를 만들었습니다. 또한 일이 번잡했던 괴테에게는 쉴러가 항구와 같은 존재였고, 쉴러에게는 괴테가 자신이 못 가본 세계를 열어주는 사람이기도 했습니다. 쉴러가 훨씬 먼저 죽어서 괴테가 많이 슬퍼했는데, 괴테는 쉴러가 죽고 12년 후에 두 사람이 나눈 편지 1006통을 6권의 책으로 펴내기도 했습니다. 우정이 어떤 금자탑을 쌓을 수 있는가를 보여주는 훌륭한 기록입니다.

바이마르의 쉴러의 집을 나오면 길모퉁이에서 비툼스 팔레와 그 앞에 괴테, 쉴러의 동상이 서 있는 국립극장이 보입니다. 이 극장 또한 괴테가 짓고 운영했습니다. 현재까지도 잘 운영되고 있는데, 바이마르 공화국의 논의가, 또 바이마르 헌법의 기초가 이루어졌던 장소이기도 합니다. 비툼스 팔레는 괴테를 바이마르로 부른 안나 아말리아 대공비의 거처였습니다. 그 작은 궁의 거실이 문화의 산실이었지요.

괴테-쉴러 아카이브는 독일에 있는 가장 오래된 문학 아카이브입니다. 1896년에 문을 열었는데 괴테와 친했던 칼 아우구스트 대공의 며느리인 소피가 결혼

할 때 가져온 지참금을 쏟아넣어 이 건물을 지었습니다. 위치도 참 좋아서 도시도 내려다볼 수 있고, 늘 열려 있어서 누구든지 방문할 수 있습니다. 괴테, 쉴러, 니체, 리스트의 모든 육필 원고가 이곳에 보관되어 있고, 일부는 전시되어 있어서 다양한 기록들을 살펴볼 수 있습니다.

아주 긴 장기 프로젝트인 원고의 출판 디지털화 작업도 물론이지만 이들이 육필 원고 보존을 위해 기울이고 있는 노력이 엄청납니다. 잉크 성분으로 인한 부식으로 종이에 생겨난 미세한 구멍들을 메워가는 극한의 작업들을 놀라운 마음으로 지켜볼 수 있었습니다. 그렇게 복원된 육필 원고들이 사람은 살되, 화재의 불길은 붙을 수 없는 함량의 농도로 산소가 조절되는 보관실에 보관되고, 그러고도 유사시에는 물이 아니라 가스로 진압되게끔 해놓은 시설도 놀라웠습니다. 괴테의 시신은 제후 무덤에 누워 있지만, 괴테, 쉴러, 니체, 리스트의 모든 육필은 이곳에 있습니다. 여기에서 살아 있는 것이지요.

❖

　프리드리히-폰-슈타인 슈트라세와 베르카어 슈트라세와 만나는 곳에서 왼편으로 돌아 그 블록 끝에서 오른쪽으로 꺾어 긴 묘지 담장을 따라 걷다보면 작은 묘지 문이 나옵니다. 정문이 아니라 참 작습니다. 묘원 안에서는 유일한 건물을 찾으면 그 지하에 괴테와 쉴러가 누워 있습니다. 묘원을 천천히 둘러보며 괴테의 가족묘지, 괴테가 사랑했던 슈타인 부인의 묘지를 둘러봅니다. 묘원 전역이 아름다운 성찰의 공간입니다. 이런 장소에 구경거리가 많을 리야 없지요. 그 가운데에 위치한 작은 시설 안, 지하에 제후들의 관들이 쭉 놓여 있습니다. 살아서는 괴테가 제후를 모셨는데, 현재 지하에 가보면 괴테와 쉴러의 관이 앞에 나란히 놓여 있고, 그 좌우로 제후의 무덤들이 도열해 있는 모습이어서 많은 생각을 하게 합니다. 제후 아닌 괴테와 쉴러의 시신이 가운데 자리를 차지하고 제후들은 오히려 뒤로 밀려 있는 무덤 자체도 인상적이지만, 또 푸르고 아름다운, 동네 한가운데 있는 작은 가족 묘원에 매일이다시피 와서 꽃을 가꾸며 떠난 이를 여전히 가까이 머물게 하는 모습에 깊은 여운이 남는 것 같습니다.

그 작은 건물에 들어가 안내를 받으며 괴테, 쉴러의 묘지를 본 다음에는 니체의 집으로 향합니다. 슈타인 부인 묘지 조금 아래쪽 담벼락에 아주 작은 통로가 나 있습니다. 그 통로를 나가며 있는 거리의 집들을 눈여겨보아야 합니다. 유겐트슈틸이 세세한 부분에 이르기까지 역력한 아름다운 집들입니다. 이 아름다운 집들에 기반한 사람들이 바우하우스 운동을 펼쳤지요. 지금 우리에게 친숙한, 극도로 단순하고 기능적인 바우하우스 건물들은 사실 이 아름다운 유겐트슈틸에 뿌리를 두고 있습니다. 바우하우스는 이곳 바이마르가 본산이라 대학 이름도 바우하우스 대학입니다. 이 운동은 데사우 등지로 번지다가 미국으로 건너가고 나중에는 온 세계 건물에 스며듭니다. 그로피우스와 더불어 주도자인 판 데 펠데의 아름다운 집이 레오나르도호텔에서 벨베데레 쪽으로 아주 조금만 걸어가면 있습니다. 시내에는 바우하우스 박물관도 있고요.

유겐트슈틸 집들이 늘어선 길을 조금만 걸으면 마주치는 비탈길, 훔볼트 길을 왼편으로 조금 오르면 니체 하우스가 서 있습니다. 집 앞에 커다란, 붉은 너도밤나

무가 서 있습니다. 야심 찬 니체의 누이가 광인이 된 오라버니를 여기, 명성의 도시 바이마르에서 조금이라도 살다가 죽게 하겠다고 데려왔던 그곳이지요. 니체는 그의 세기가 마감되는 1900년에 죽었습니다. 저는 예전에 두 차례 이곳에 살아보기도 했는데, 다시 오니 감회가 새롭습니다. 위층은 여전히 연구자들의 숙소로 쓰이고 있습니다. 광인 니체가 말년 3년을 살았던 니체하우스를 보고, 그가 닫은 세기를 생각하며, 부헨발트로 이동합니다.

❖

니체의 집 앞에 서는 시내버스를 타면 그 종점이 부헨발트입니다. 너도밤나무숲이란 뜻이지요. 이곳 부헨발트는 독일인들의 유대인 학살보다는 전쟁의 문제가 참혹하게 가시화된 곳입니다. 패색이 짙어진 제2차세계대전 말기, 수단과 방법을 가리지 않고 총력전을 벌이던 시점에 군수품 생산을 위해 지어진 곳이기 때문입니다. 그러나 독일 내 최대 수용소, 독일 고전의 대표 도시에 겹쳐져 보이는 이런 인간의 수렁은 정말 말을 잃게 만듭니다. 우리가, 인간이, 결코 가서는 안 될 길을 생각하게 합니다. 만인이 생각하고 또 생각하지 않으면 또다시 갈 수도 있는 참담한 길이지요. 이 시설을 반성 많은 독일 정부에서 잘 관리합니다. 국민 교육, 인간 교육의 장인 것이겠지요. 1945년부터 끝도 없이 반성하는 모습도 인상적입니다. 그래서인지 부헨발트에는 입장료도 없습니다.

할말을 잃을 수밖에 없는 그곳에서 인간의 양면성을 생각합니다. 어찌해야 우리들 속 어딘가에 들어 있을 짐승이 튀어나오는 것을 막을 수 있을지, 어찌해야 편 가르지 않고 함께 살아가는 사회를 만들 수 있을지를 말입니다. 이곳은 전쟁에 필요한 군수 물자를 수단 방법 안 가리고 생산해내야 하는 노동수용소였고, 온갖 효율적인 방법을 생각해내어 고문과 살인을 저지른 사람들은 전원이 (전선 대신 안전한 곳이라) 자원한, 선발된 엘리트들이었습니다. 함부로 편 가르고, 상황이 나빠져 전쟁까지 벌어지면 또 무슨 일이 더 벌어질 수 있는지를 봄으로써, 많은 사람들이 함께 생각함으로써만 우리는 그런 상황을 막을 수 있을 겁니다.

푸르른 녹음 속에서, 아름다운 '나무 극장'에서 조금

쉬며 마음을 추슬러보기 위해 벨베데레로 향해봅니다. 바이마르는 지형이 국그릇 같은 분지입니다. 바닥에 도시가 있고 둘레에 국그릇 가장자리처럼 지평선이 펼쳐지지요. 봄에는 유채꽃밭이, 지금은 익어가는 누런 밀밭이 이루는 지평선입니다. 그 지평선상의 북쪽 한 지점이 부헨발트이고 그 반대 남쪽 지점이 벨베데레공원입니다. 광활하다는 공통점 외에는 모든 것이 대조적인 장소지요.

벨베데레는 아름답고 큰 공원입니다. 초입에는 예쁜 정원이 있지만 정원과 공원과 자연의 경계는 차츰 다 지워지는, 우람한 나무들과 초원이 펼쳐지는 곳입니다. 어딜 걸어도 아름답고 사람이 되살아나는 듯합니다. 제후가 여름에 잠깐 소풍 나와 들리는 곳이라 궁전 자체는 자그맣고 굳이 들어가보지 않아도 될 정도입니다. 궁전에 닿기 전 오른편에 음악영재학교가 하나 있습니다. 한국에서 온 학생들도 있지요.

그걸 지나 문을 들어서면 큰 온실에 에워싸인 남국 식물 뜰이 보입니다. 겨울에는 온실에 들여놓는 오렌지, 야자, 올리브, 무화과 등이 늘어선 정원입니다. 그 다음에는 궁전 건물 뒤쪽의 미로 정원입니다. 아담하고 예쁩니다. 바로 뒤에 정원수로 꾸민 작은 극장이 있고, 그걸 나서면 다시 연못이 있고 끝없이 자연입니다. 군데군데 아름다운 것들이 지천으로 보입니다. 전부 다 걸어보고 싶습니다.

벨베데레에서 돌아오는 길에는 동화같이 아름다운 '키 큰 미류나무 집'을 둘러봤습니다. 바우하우스 운동의 주역 판 데 펠데가 자기가 살기 위해 지은 집이지요. 고급스러운 집은 아닙니다. 본격적인 바우하우스 집이라기에도 약간은 어폐가 있고요. 그때만 해도 넉넉지 않았던, 막 벨기에에서 도착한 판 데 펠데가 아이들을 잘 키우기 위하여 시내에서 떨어진 숲속에 지은 집입니다. 대원칙은 "합리성의 아름다움", 즉 실용성에다 아름다움이 간직되게 하려는 것입니다. 그리고 안과 밖이 서로 넘나들도록 집에서부터 가구, 숟가락 하나까지 직접 디자인해 일관된 정신이 스며 있습니다. 나란한 서재, 응접실, 부엌 사이에는 미닫이문만 있어 사실상 한 공간이고 창문들도 그야말로 뜰이 실내로 들어오게끔, 또 실내에서 곧바로 밖으로 나설 수 있게끔 연결되어 있습니다. 부엌 바깥을 감싼 넝쿨식물 시렁도 흥미롭고 무엇보다 부엌에서 바로 나가, 과수밭,

꽃밭에다 물을 주고, 아이들은 물놀이도 할 수 있는 작은 수조 시설이 제일 눈길을 끌었습니다. 수도꼭지 하나를 저렇게도 달 수 있구나 싶습니다.

한 시대를 이끈 건축가인데 자기 집은 얼마나 잘 지었겠습니까. 이 집뿐만 아니라 동네 집들이 다 아름다워서, 벨베데레 쪽으로 산책을 갈 때는 차도에 달린 인도로만 걷지 말고, 평행으로 오른쪽에 나 있는 집들 쪽 길을 걸으면 좋습니다. 뭐 하나라도 예쁘지 않은 집이 없거든요.

❖

어느 날엔 창밖의 흐드러지게 핀 자목련이 벌써 져 가는 것 같아 늦은 오후에 잠깐 동네 산책을 나갔습니다. 이제 조금 움직여야겠다니 관장님도 잠시 책상을 떠나 안내를 해주시네요. 내가 모르는 식물 이름을 가끔 가르쳐주시며 조용히 앞서 가십니다. 이미 이야기했듯 바이마르는 국그릇 같은 분지라 조금만 바깥쪽으로 가면 지대가 조금씩 높아집니다. 벨베데레로 가는 길가인 이 동네에서는 조금만 걸으면 '높은 바이마르Oberweimar'입니다. 역시 오래된 동네지요. 괴테의 언급으로 나에게는 친숙하건만 둘러보는 건 이번이 처음이었습니다. 13세기에 지은 교회가 있고 '벌꿀 박물관'이 있는데 두 곳 다 뜰이 작은 식물원입니다. 작은 교회 마당은 꽃을 잘 가꾸고 꽃마다 이름표를 달아두었는데 꽃 이름들이 참 재미있습니다. '천국 사다리' '악마 덤불' '솔로몬의 열쇠'…… 벌꿀 박물관 꽃밭은 아예 식물 교육장으로 이름을 하나하나 써두었고, 코르크나무 같은 처음 보는 나무도 심겨 있습니다. 그걸 보고 관장님께 괴테의 말 하나를 가르쳐드렸지요. 본말의 전도, 유용성으로만 고착된 사고에 대한 경계를 말입니다. "코르크나무는 병마개가 되려고 있는 게 아니다." 저는 이런 단순하고 평범한 지혜의 말이 좋습니다. 코르크나무의 폭신한 껍질을 놀라며 만져보고, 그렇게 자란 나무의 잎도 궁금하고, 꽃도 궁금하고, 열매도 궁금하고, 남국에서 여기까지 오느라 힘들지 않았는지 묻고도 싶고…… 독일 친구들이 보내줘서 이미 서원에 심어놓고 이미 꽃피고 있는 식물들의 모르던 이름도 알게 되었습니다. 이번 봄에 여백서원에서 제일 먼저 핀 작은 꽃은 '난쟁이 히아신스'이고, 그다음으로 꽃

핀, 부산 인디고 서점에서 한 자루 구근으로 와서 푸른 꽃 뜰을 채운 무스카리는 독일어 이름이 '작은 포도 히아신스'입니다. 벌써 함박 핀 작은 물망초 '날 잊지 말아요'도 알프스 산록에서 아슬하게 핀 모습만 보다가 여기서 잔뜩 모여 핀 모습을 보니 무척이나 반갑네요.

건물만도 다정한 발도르프 슐레도 보입니다. 한국 발도르프 슐레 학교 중 하나인 청계자유학교 선생님과 아이들이 생각났습니다. 제가 번역한 괴테의 『식물변형론』과 『색채론』을 함께 읽어가며 교정해주셨고, 아이들은 한글날이면 서원을 찾아옵니다. 언젠가는 첼로만 열한 대가 있는 오케스트라를 결성해서 서원 뒤뜰에 와서 연주하기도 했고요. 그런가 하면 학부모들은 20여 년째 이어진다는 동화 모임을 하면서 저의 『그림동화』 완역본 원고를 꼼꼼하게 검토해주기도 했습니다. 바이마르에 와서 유서 깊고 안정된 발도르프 슐레를 보니 한국 발도르프 슐레 선생님들의 헌신적 고군분투가 새삼 애틋합니다.

발도르프 슐레의 설립자 루돌프 슈타이너는 대단한 괴테 연구가입니다. 나름의 인류학적, 종교적 색채가 가미되어 괴테와는 좀 다릅니다만 그래도 괴테 사상이 교육의 중심이지요. 아이들을 참 잘 키웁니다. 우리 공교육의 문제점을 누구보다 안타까워하는 사람들이 모였으니 더욱 그렇겠지요. 그 올바른 이념이 널리 퍼지고 공교육 전반에 흡수되어 따로 전문학교가 필요해지지 않는 날이 온다면 참 좋겠습니다.

발도르프 슐레 건물 곁을 흐르는 일름강 다리를 건너며 특별한 시설에 눈이 갑니다. 강바닥의 한 자 정도 낙차를 물고기들이 거슬러오르지 못한다고, 물고기를 위한 낙차 감소 장치를 부러 만들어주었습니다. 이름하여 "물고기 계단"입니다. 사각 시멘트 틀 몇 개를 설치한 것 같은데, 물고기가 물속을 오가는 걸 돕겠다는 생각 자체도 놀랍지만 유럽연합이 지원하는 프로젝트의 일환인데 그 사업에 들어간 돈의 규모가 어마어마해서 더욱 놀랍니다. 큰돈이라 제가 한국에 짓지 못하고 있는 괴테마을의 건물도 떠오르고, 곧이어 갈 곳 없는 난민들의 얼굴도 떠오르고 맙니다. 어쩔 수 없는 세상사의 불균형이 안타깝습니다.

다리를 지나서 작은 지류의 근원인 샘에 닿았습니다. 더할 나위 없이 맑은 물 속에서 샘이 솟고 있음을 그 일렁임에서 알아봅니다. 보는 사람의 흐렸던 마음까지 청량해지네요. 많은 전설이 생겨날 만한 광경입니다. 물의 요정이 조용히 걸어나올 것처럼 말입니다. 조용히 앞서 걷던 관장님이 물의 요정에 대한 괴테의 시구를 읊어주셔서, 알기는 했지만 좀 비현실적이던 시구 하나가 어디서 왜 쓰였는지 알게 되니 비로소 가깝게 다가옵니다. 저 맑은 물을 보며 나온 지혜의 결론이 "인간은 고귀하고 선하라"였습니다.

❖

거의 멸종하려는 나무를 두고 쓴 시만 모아 함께 시집을 내기도 하는 바이마르 시인 모임에서 한 분이 찾아왔습니다. 단순한 아마추어 모임이 아니고 그중에는 정말 명망 있는 시인들도 있는 모임인데, 시인들이라 식물, 동물을 각별하게 아끼고 특히 꽃과 풀은 다들 훤합니다. 먹는 풀, 못 먹는 풀도 훤해서 내 눈에는 다 잡초 같은 풀들이 어엿한 샐러드가 되어 식탁에 오릅니다. 우중에 질척한 길을 가면서도 변덕스러운 날씨에 돋아난 여린 풀잎들을 다들 여간 반기지 않습니다.

우중에도 산책을 가자고 온 볼프강 하크 씨는 시인인 동시에 이곳 벨베데레성 안에 있는 음악 영재학교 교장 선생님이기도 한데요. 높은 잿빛 하늘에서 들려오는 종달새 소리를 바로 알려주고 다른 온갖 새 소리도 하나하나 가려서 특징을 알려줍니다. 내가 무지개 새라고 부르는 어치의 그다지 아름답지 않은 울음소리도 짝을 찾는 시기가 되면 어떤 애절한 멜로디로 바뀌는지 음으로 들려줍니다. 코로나가 유행하던 시기 바로 전에 왔을 때는 멀지 않은 자기 고향의 야트막한 산을 보여주었는데 굽이굽이마다 멈추어서 자기가 그곳에 대해, 혹은 그곳에서 쓴 시를 낭독해주기도 했습니다. 야생 작약 군락지를 보여주며 작약 필 때 꼭 다시 오라 했었는데, 코로나가 유행하는 바람에 가지 못하고 대신 여백서원에 작약을 많이 심었습니다.

바이마르가 분지라, 어디서든 천천히 걸어오르면 드넓은 초원이 지평선으로 펼쳐집니다. 끝없이 풀밭이거나 밀밭이기도 하고 양들이 놀기도 하지요. 그러다 그 너머로 어딘가 윗동네가 신기루처럼 나타나고요. 내려오는 길에는 다시 한번 판 데 펠데의 집을 지나칩니다. 아름다운 집들을 하나하나 살피며 걷다보니 어떤

194

집은 대문 가까이에 예쁜 함을 만들어 가져가라고 책이며 작은 물건들을 전시해놓았네요. '보물광맥'이라고 애교 있는 이름까지 붙여두었습니다. 산책을 마치고 돌아와서는 아주 간단한 식사를 하고, 볼프강 하크 씨는 다시 비를 맞으며 자전거 타고 돌아갔습니다. 아예 자동차를 없앴다고 하네요. 원거리도 자전거로 다닌다고 합니다. 자연을 참 아끼는 사람입니다.

⁂

살다보면 별일이 다 생깁니다. 바이마르까지 와서 어쩌다 새한테까지 만만하게 보였는지, 백조에게 다리를 물려버리고 말았습니다. 조금 쉬려고 물가 풀밭으로 갔는데, 백조 두 마리가 헤엄쳐 왔습니다. 하나는 보통이고, 하나는 아주 컸어요. 나중에 보니 몸을 부풀린 것이었지요.

큰 백조가 직선으로 곧장 나를 향해 오기에 반가워서 폰으로 동영상을 눌렀지요. 그런데 이 녀석이 다짜고짜 제 다리를 물고 놓질 않는 거예요. 제 힘으로는 큰 부리에 물린 다리를 빼낼 수가 없어 두리번거리는데 청년 하나가 달려와서 백조도 다치지 않고 저도 다치지 않게, 저를 붙들고 백조와 그야말로 줄다리기를 해서 제 다리를 빼냈습니다. 그러자 백조 녀석은 분했는지 제 배낭을, 그것도 날렵하게 손잡이를 채어 꽉 물고 물로 들어가려 했습니다. 저는 피하고, 또 청년이 가방 끈을 잡고 당겨 씨름해서 겨우 빼냈습니다. 새한테 얕보였다고 이야기했지만, 아마도 그 근처 어딘가에 둥지가 있고 새끼가 있었을 겁니다. 그러지 않았다면 백조가 아무리 큰 새여도 그런 힘은 나오지 않았겠지요. 조금 절뚝거리며 숙소로 돌아와 크노헤 관장님에게 전했더니 그런 얘기는 난생처음 듣는다면서 "바이마르를 대표해서" 사과하셨습니다.

✛

　바이마르에서의 마지막날입니다. 아무리 일정이 빠듯해도 도서관에 들리지 않을 수는 없습니다. 좀 쉬면서 기운을 내고 시내에 나간 김에 도서관만이 아니라 친숙한 다른 곳들에도 들립니다. 괴테의 집 앞에 있는 정육점에서 좋아하는 메뉴를 골라 밥도 사먹습니다.

쾨닉스베르거 클롭제라는 이름의 메뉴로 담백한 고기 완자 두 개에 삶은 감자가 곁들여지는 간단한 음식입니다. 워낙 작아서 서너 명도 겨우 들어가는, 점심때만 잠깐 여는 간이식당인데 눈이 내려 길가에 내놓은 테이블을 쓸 수가 없어 실내에 하나뿐인 의자 없는 테이블에 서서 먹습니다. 그것도 독차지는 아니지요. 그런데 음식이 싸고 맛있습니다. 단골 카페에서 커피도 한 잔 마시고, 도서관에서 다시 일을 좀 하다가 다시 커피를 한 잔 더 마시러 도서관 카페에 들어갔습니다. 그사이 리모델링을 했는데 마치 거기도 도서관인 듯 꾸몄네요.

커피를 마시고 열람실로 들어가는 길에 약속도 안 한 사람들이 자연스레 만나집니다. 바이마르라는 도시가 워낙 작기도 합니다만, 도서관에 있으면 일부러 약속을 해야 겨우 만날 사람들이 저절로 만나지곤 합니다. 고전주의 재단 연구원의 전 책임자, 현 책임자, 괴테학회 전 회장님…… 갑자기 이런 생각도 듭니다. 내가 아는 사람들은 대체 왜, 많이 늙어서도 도서관을 버리지 못하고 사는 것일까. 평생 그렇게 살아왔기 때문이겠지요. 묵묵히 그렇게 계속 사는 것일 테고요. 그러면서 다들 그 경륜으로 할 수 있는 또다른 작업을 열심히 하고 있습니다. 하나같이 정년이나 나이 같은 것과 무관하게, 사회에서의 쓰임새를 조용하게, 의젓하게, 혼자서 만들어가는 모습이 참 아름답습니다. 사회의 참 기둥이고 거목이라는 생각도 들고요.

한편 많은 경륜과 지식을 가지고도 정년만 되면 다손 놓고, 어쩔 줄 몰라 하며 할일이라곤 없는 양 두리번거리는 듯한 분들이 한국 사회에서 유난히 많이 보이는 듯합니다. 아마도 첫번째로는 하던 일이 너무 힘만 들었던 탓이겠고, 또 어쩌면 하는 일과의 진정한 관계를 정립해보지 못한 채로 손을 놓았기 때문이 아닐까 하는 생각도 해봅니다. 혹여 누군가를 비난하려는 말은 아닙니다. 누구든지 지금 하고 있는 일이 무엇이든, 어떤 작은 일이든, 오랫동안 함께할 의미와 보람을 찾아 천천히 쌓아가는 지혜, 바로 그런 지혜가 절실하게 요청되는 단계에 우리 사회가 와 있지 않나 하는 생각도 듭니다.

이탈리아에서
보내는 편지

두 달간 로마에 있는 까사 디 괴테Casa di Goethe
에 머물다 왔습니다. 세상 여기저기 다니지만, 더 특별
히 전하고 싶은 곳입니다. 괴테는 1786~1788년에 걸
쳐 2년간 이탈리아에 있었습니다. 그전까지 11년간 작
은 바이마르 궁정에서 평민으로, 또 많은 직책을 가진
2인자로, 여러 어려움 가운데에서도 열심히 일하고 있
었는데, 오랜 세월 동안 쉬지 않다보니 너무 지쳤고, 무
엇보다도 당시 37세였는데, 마흔이 되기 전에 공부 좀
해야겠다는 생각이 절실했습니다. 그리하여 1786년
9월 3일 새벽 세시에 훌쩍 떠납니다. 유일하게 왕에게

만 국외로 나가는 것을 허락받기 위해 알리고, 그 외에는 그 누구에게도, 사랑했던 슈타인 부인에게도 알리지 않고 떠납니다. 떠난다고 말하면 붙들릴 것 같아서였지요. 그만큼 절실하게, 평범한 사람으로, 미복으로 괴테로서가 아닌 화가 밀러라는 이름으로 이탈리아에 갑니다.

가서 많은 것을 보고, 느끼고, 배웁니다. 제2의 탄생이라고 스스로 말하는데요. 괴테의 이 이탈리아 여행은 자신의, 그리고 독일 문학사의 시기가 바뀌는 경계점입니다. 그전까지는 '질풍 노도기Sturm und Drang'이고, 그 이후는 '고전기Klassik'로 바뀝니다. 이탈리아에서 많은 작품들을, 특히 그리스, 로마의 것들을 보며 많은 것을 배우고 느껴서 그의 작품에도 많은 변화가 생겼습니다.

그때 괴테가 로마에서 머물렀던 집이 바로 까사 디 괴테입니다. 이 괴테의 집의 위치를 서울과 비교해 설명을 하면 이렇습니다. 남대문 같은 포폴로 문이 있고 그 문 앞에 큰 광장이 있고, 그 광장에서 바로 시작되는 길에 우리로 치면, 남대문 지나서 태평로 초입에 있는 집에서 괴테가 살았습니다. 유명한 스페인 계단과도 가깝고, 판테온도 그리 멀지 않습니다.

　괴테가 머물렀던 그 집에서 〈창가의 괴테〉가 그려졌는데, 그 집이 화가 티쉬바인의 집이었습니다. 티쉬바인은 괴테의 초상화 두 점으로 더욱 유명해진 화가입니다. 독일 정부는 그 집을 박물관으로 꾸몄지요. 2층은 박물관(괴테 전시실)이고, 3층은 도서실로 만들어 문화 행사도 열리곤 합니다. 이 까사 디 괴테는 국외에 있는 유일한 독일 박물관이라고 합니다. 괴테가 나폴리에서 잠깐 머물렀던 집은 현재 괴테 인스티튜트(독일문화원)로 사용되고 있습니다. 독일 정부의 문화재 관리는 참 놀랍습니다.

　까사 디 괴테의 도서실 안쪽에 게스트룸이 하나 있습니다. 거기에서 두 달을 보낸 것인데요. 초청을 받아서 갔는데 관련된 이야기가 있습니다. 벌써 한 20여 년 전의 일입니다. 뮌헨에 잠깐 있다가 모레면 귀국해야 할 어느 날, 문득 제가 아직도 괴테의 『이탈리아 여행』을 읽지 않았다는 생각이 떠올랐습니다. 돌아갈 짐을 급히 꾸려놓고 서점으로 가서 문고판 하나를 사서(문고본이라고 해도 굉장히 두껍습니다), 그걸 들고 밤 아홉시 삼십칠분에 뮌헨 중앙역에서 출발하는 기차에 올랐지요. 여섯 명 타는 칸의 흐릿한 불빛 속에서, 때로는 술 취한 티롤 남자들이 타서 시끄러운 와중에 그걸 다 읽었습니다. 책을 덮으니 로마 종착역이더군요. 종일 온 로마를 걷다가 다시 마지막 밤기차 타고 뮌헨으로 돌아와 그다음날 귀국 비행기에 올랐습니다. 그렇게 무모하게 살았습니다. 그 이야기를 어떤 기회에 한 적이 있는데, 그게 까사 디 괴테에서 저를 초청한 이유가 되지 않았나 싶습니다. 그렇게 밤새 읽은 그 책을 이번에 들고 왔습니다. 이제는 번역할 때가 되어서요.

그렇게 거기에서 괴테의 『이탈리아 여행』을 번역하고 돌아왔습니다. 물론 이 엄청난 책을 다 옮기지는 못하고, 우선 괴테가 시칠리아에 갈 때까지 번역했는데, 그것도 사실 두 달 안에 할 수 있는 분량이 아니었습니다만 현장의 도움을 많이 받았기에 가능했던 것 같습니다.

그 과정은 이렇습니다. 괴테가 로마에 닿는 부분을 번역하고 나면 로마를 좀더 자세히 보고, 또 괴테가 나폴리 가는 것까지 번역하고 나면 또 나폴리에 갔다 오고, 괴테가 시칠리아에 가는 걸 번역해놓으면 또 밤새워 시칠리아에 다녀오는 것이지요. 그가 본 것을 저도 따라가서 보면서 현장에서 번역할 수 있었다는 것은 정말 큰 축복이었습니다.

까사 디 괴테는 건물 안의 2~3층을 사용하고 있는데, 들어가면 괴테의 이탈리아에서의 여정을 볼 수 있습니다. 첫 방은 도서실인데, 괴테가 갔을 당시 로마에는 독일 화가들이 상당히 많았습니다. 그들이 갖고 있던 장서가 기반이 되어 이루어진 작은 도서실입니다. 위층에는 일반도서가 많습니다.

티쉬바인이 그린 〈캄파니아의 괴테〉의 원화는 굉장히 큽니다. 그 원화는 지금 프랑크푸르트의 슈테델 미술관에 있습니다. 그래서 원화를 따라 그린 그림을 전시하고 있고, 맞은편에는 현대적인 그림도 걸려 있습니다. 또 앤디 워홀이 〈캄파니아의 괴테〉에서 얼굴 부분을 이용해서 만든 그림이 한 방을 차지하고 있습니다.

아마도 가장 중요한 방은 괴테가 살았던 방일 텐데, 그곳에 바로 '주노Juno 상'이 있습니다. 완벽한 아름다움의 상징이지요. 괴테가 그 모상을 구입했는데 크기가 매우 컸습니다. 괴테는 그것을 이탈리아에서 돌아올 때 가져오려고 했는데 너무 커서 못 가져오게 되었

고, 그래서 화가 앙겔리카 카우프만에게 맡겨두었습니다. 다행히 나중에 앙겔리카 카우프만이 보내줘서 현재 바이마르 괴테하우스 거실 응접실에 그 주노 상이 있습니다. 너무 커서 지난번에 괴테 학회장은 이렇게 비유하기도 했습니다. 마치 페라리를 거실에 들여놓은 것 같다고요.

그리고 이 집에도 바이마르 괴테하우스의 특징처럼 끝없이 이어지는 듯한 문을 볼 수 있습니다. 바닥과 천장도 격조 있고, 아름답습니다. 그리고 무엇보다 안쪽 뜰에는 커다란 야자수가 있어서 이국적인 느낌을 더합니다.

이 공간은 아주 넓지는 않지만, 아름답고 격조 있게 꾸며진 집으로 괴테가 이탈리아에서 한 일들을 자료로서, 증거로서 잘 보존해놓았습니다. 심지어 괴테는 언제 누구를 초청해서 식당에서 어떻게 밥을 먹었는지까지 여행중에 일어난 모든 일을 굉장히 정교하게 기록했습니다. 바이마르에서 괴테가 맡았던 책무는 교육, 문공뿐만이 아니고 광산도 그의 소관이었고, 세무 또한 그의 소관이었습니다. 『이탈리아 여행』도 방대하지만, 이탈리아를 여행하는 동안 쓴 일기도 매우 좋습니다. 지출 하나하나까지 전부 다 기록해놓았고, 그런 자료들이 잘 보관, 전시되어 있어서 괴테의 중요한 한 시기를 잘 엿볼 수 있는 공간입니다.

감사하게도 좋은 장소에 머물 수 있었고, 그만큼 기쁜 만남과 모임들이 있었습니다. 다만 괴테의 시칠리아 여행 이후의 남은 여정을 다 번역하지 못해서 그 부분을 더 해야 할 의무가 남았습니다. 이 책은 여행기이기 때문에, 다른 책을 번역할 때와는 다르게 작가가 본 것들을 저도 봐야 번역을 제대로 할 수 있을 것 같았습니다. 그런 기회가 주어진 것, 거듭 감사하는 마음뿐입니다. 저도 뭔가를 더 해야 한다는 부담이 조금 더 늘긴 했습니다만.

❖

"나는 대상들을 보며 거기에 비추어 나 자신을 알게 되고자 한다." 괴테의 출발지는 칼스바트입니다. 독일 국경에 가까운 체코의 온천이지요. 나의 번역에서 칼스바트를 떠난 괴테가 레겐스부르크를 지나 뮌헨을 지나 이제 미텐발트에 와 있을 즈음의 모습은 이렇습니다.

서둘러 달리지만 벌써 출발 후 나흘째입니다. 마흔이 되기 전에 공부 좀 해야겠다고 사랑하는 사람에게도 알리지 않고 떠난 길. 막 서른일곱 생일을 넘긴 괴테는 열려오는 새로운 세계를 활짝 열린 눈으로 바라봅니다. 돌멩이 하나에서도 지형을 읽고, 물길을 읽고, 물길들의 얽힘을 읽습니다. 배 한 개를 먹어도 북위 49도의 맛을 생각하고요.

괴테는 미텐발트를 떠나 인스부르크에 잠깐 들리고 브레너 고개에 오르고 있습니다. 브레너 고개는 스위스의 고타르트 고개와 함께 거대한 장벽 알프스산맥을 가로질러 유럽 남북방을 잇는 양대 통로지요. 괴테는 이제 이탈리아로 가는 높은 관문에 섰습니다. 이제 산을 보고 험준한 알프스 바위를 보고 조망할 뿐만 아니라 산의 고도에 따라 줄기와 잎이 달라지는 식물들에게로도 눈길이 가네요. 친구들의 강권에 밀려 (벌써!) 만들게 되는 첫 전집 이야기도 하고, 무엇보다 이제 따뜻하고 아름다운 나라로 함께 갈 동반자를 소개합니다. 아직 충분히 매끄럽지는 않은 원고 『이피게니에』입니다. 두 가지 소개에서 다 설렘이 묻어납니다.

괴테는 남북 유럽을 가르는 알프스 위의 한 점, 남국

으로 넘어가는 고개 브레너에서 식물을 열심히 쳐다봅니다. 집에서는 린네의 분류 책도 열심히 읽었지요. 이렇게 시작하여 남쪽 시칠리아까지 가면서 그의 식물론이 무르익습니다. 자라는 것에, 생명 가진 것에 대한 관심은 괴테에게서 평생의 연구들로 자리잡아가지요.

브레너 고개가 높습니다. 내려오기가 쉽지 않습니다. 고개 아래 남쪽, 그러니까 북이탈리아 트렌토까지 괴테가 마차로 내려오는데, 에누리 없이 50시간이 걸립니다. 깜깜할 때 출발하여 내리막길을 달리면서도 보이는 건 또 다 봅니다.

그 모험의 대가인 양 아름다운 가르다 호수가 괴테의 눈앞에 펼쳐집니다. 절경에 감탄하고 어떤 성채는 그림까지 그려두지만, 괴테는 스파이로 몰려 그림도 찢기고 판결을 받을 처지가 됩니다. 그랬더니 괴테답게 슬기롭게 잘 넘깁니다. 낯선 시골 사람들을 유연하게 설득해서 오히려 전화위복을 만드는, 그런 눈높이를 맞추는 언변, 무엇보다 이탈리아어 실력이 놀랍습니다.

괴테는 이제 처음으로 큰 도시, 베로나에 도착합니다. 저는 그의 베로나 기록 앞에서 막막해집니다. 열네

쪽. 하루에 옮겨낼 분량이 아닙니다. 집에서는 기를 써야 하루에 서너 쪽을 옮길 수 있습니다. 더구나 베로나 다음에 이어지는 비첸차도 열다섯 쪽, 그다음 베네치아는 마흔네 쪽입니다.

베로나의 원형극장은 괴테가 처음 본 로마 고대유적입니다. 지금도 오페라 무대로 사용되어 세계적 성가를 올리고 있지요. 그런 대단한 건물 앞에 1786년 9월 16일, 같은 달 3일 새벽에 출발하여 전력으로, 때로는 밤을 세워, 역마차를 갈아타며 달려온 괴테가 섰습니다. 괴테는 극작가일뿐더러, 바이마르 극장 전체의 관리와 운영이 그의 업무 중의 하나였으며, 바이마르 극장에 불이 났을 때는 자신의 지휘로 극장을 다시 짓기도 한 사람입니다. 얼마나 자세히 보겠으며, 얼마나 할 말이 많겠습니까. 다른 건물들도, 사람들도, 낯선 풍속도 살펴야 하지요.

괴테가 말이 많아진 거야 충분히 이해야 되지만, 분량 앞에 주눅이 들어 번역을 하는 저는 망연히 앉아 있었습니다. 그러다 언젠가 이상하게 저절로 입에서 흘러나온 말이 있습니다. "태산이 높다 하되 하늘 아래 뫼이로다./ 오르고 또 오르면 못 오를 리 없건만은/ 사

람이 제 아니 오르고 뫼만 높다 하더라." 그래서 일을
시작할 수 있었고, 시작했다가는 언제쯤인가 지쳐 잠
깐 나가 피자를 한 조각 사들고 티베르 강변을 좀 걷
다가 들어왔고, 다시 일을 하다가는 한 차례 지쳐 쓰
러져 잠깐 잠이 들기도 했습니다. 그러나 어둠 속에서
잠 깬 새벽. 베로나 분량을 마치며, 이게 다 "태산이 하
늘 아래……" 덕분인 줄 압니다. 좋은 글귀는 일찍부
터 외워둘 이유가 확실히 있네요.

베로나를 지나 베네치아에 닿기까지 괴테는 여러 군
데를 지나는데, 비첸차와 파도바에서 팔라디오의 대표
건축물들을 보게 됩니다. 팔라디오의 본거지죠. 지붕
덮인 어마어마한 시장 건물, 은자 교회, 에레미티 교회,
몬테냐, 티치아노, 식물원, 대학, 천문대, 안토니오 성당,
올림피아 극장, 팔라디오의 집을 봅니다. 괴테는 이 대
단한 건축가의 건축을 보는 것에 그치지 않고, 그의 저
서를 모두 삽니다. 팔라디오의 이론을 다 읽고, 또 그
가 존경했던 건축가를 찾아보고, 이런 식으로 고전 건
축에 대한 눈이 트이는 것 같습니다. 파도바에는 식물
원이 있습니다. 그 식물원에는 당시의 괴테가 보았던
부채 야자가 지금도 그대로 서 있습니다. 나무 한 그루

를 위해 별도의 온실을 만들어 관리하고 있습니다. 괴테는 처음에는 창끝 같던 잎이 하나씩 펼쳐지면서 부채처럼 되는 모습을 관찰하면서 식물의 잎에 대한 많은 생각을 해요. 식물을 놀랍게 관찰하는데, 이것은 나중에 괴테의 이탈리아 여행의 최종착지인 팔레르모 식물원에서 다시 어떤 식물의 원형적인 모습을 그려보는 것으로 『식물변형론』의 구상이 완성됩니다.

자연의 관찰에서는 과학자 괴테의 모습이 보이고 건축과 회화에서는 한때 화가와 시인 사이에서 진로를 고민했던 젊은 괴테의 모습이 보입니다.

팔라디오의 본거지, 비첸차에 아무래도 한 번 가야겠습니다. 그가 엄청난 건물들을 만나고 그림들을 제대로 보기 시작한다 했지요. 티치아노를 보고 그 이전의 만테냐를 보고…… 야만의 중세를 넘어 르네상스를 일으킨 원동력을 터득해가며 보네요. 저도 따라가 보고 싶습니다. 그러나 지금은 하루라도 빨리 괴테가 로마에 와닿게 해야 합니다. 그래야 그를 따라 나도 로마 구경을 제대로 하겠지요. 그런데 그가 빨리 못 오고 좋은 건축에, 좋은 그림에, 새로운 세계에 마냥 빠져들고 있습니다.

그렇게 파도바를 보고, 이제 괴테는 베네치아에 닿습니다. 베네치아에서도 역시 굉장히 많은 것을 보고, 느끼는데, 무엇보다도 지형을 자세히 봅니다. 베네치아는 침략자들에게 밀려나 바다 끝까지 간 사람들에 의해 섬들이 연결돼 이루어진 독특한 곳으로, 괴테는 베네치아 사람들을 '비버 백성'이라고 불렀습니다. 베네치아는 정말 아름다운 도시로, 괴테는 그곳에서 건축, 그림 등을 많이 봅니다. 또한 작가이므로 연극도 보는데, 보는 것에서 그치지 않고 그 연극이 실제의 삶과 어떻게 연결되는지 살펴보기 위해 실제 이탈리아인의 삶도 많이 그리고, 그리고 재판 장면을 보기도 합니다. 괴테는 변호사이기도 하지요. 그래서 여러 가지 작품들도 구상됩니다.

괴테가 들고 간 작품은 『이피게니에』한 편인데, 이탈리아 여행 동안 이런저런 생각을 하며 산문본에서 운문본으로 개작합니다. 그리고 나중에는 『파우스트』도 많이 집중해서 쓰고, 무엇보다 『타소』를 쓰는데요. 이탈리아의 시인 토르콰토 타소(1544~1595)를 소재로 한 희곡입니다. 이탈리아 페라라의 작은 궁정에 있던 시인 타소에게서 괴테는 바이마르의 작은 궁정에 있는 자신의 처지와 동일시되는 느낌을 받았던 것 같습니다. 그래서 페라라에서는 타소의 무덤도 찾아갑니다. 작가로서, 자연과학자로서, 화가로서, 정치인으로서 바라보는 시각이 여기저기에 스며 있습니다.

괴테는 베네치아로 가고, 저는 잠깐 나가 사람들이 줄을 선 식당 앞에 따라 줄을 서서 물까지 주면서 4,5유로밖에 안 하는, 보기와는 달리 맛있는 국수를 먹고, 스페인 계단을 지나, 빌라 메디치 앞을 지나 빌라 보르게제에 닿는 언덕길을 걷다 들어왔습니다. 도시가 내려다보이는 난간에 한참 앉아 있었지요. 누군가가 두고 간 장미꽃도 보고 포폴로 광장도 내려다보고요.

빌라 메디치 앞에서 작은 분수 하나를 지나치며 괴테도 한참 보며 스케치까지 남긴 것을 저도 보고 있자니 200년쯤의 시간은 아무것도 아닌 것 같습니다.

1876년 11월 1일. 괴테는 드디어 로마에 입성합니다. 로마에 한시라도 빨리 닿고 싶은 초조감에 피렌체도 지나칩니다. 세상에 그 보석 같은 도시를 말입니다. 11월 1일에 드디어 입성한 "세계의 수도" 로마에 대한 감격이 어찌나 큰지, 괴테는 자기가 "이제 로마를 가졌다"고 말합니다(물론 이제 "로마에 왔다"라고 번역해야 편안한 글이 되겠지만 저는 그냥 직역을 하기로 합니다). 그리하여 듣기만 하고 읽기만 하던 곳들을 또박또박 현실적 발걸음으로 살피는데, 11월 24일까지 쓰고는 글이 뚝 끊깁니다. 정말 우연하게도 236년 뒤의 저 역시 11월 1일에 도착해 오늘 11월 24일에 괴테의 11월 24일까지의 기록을 번역했습니다. 괴테가 로마에 도착한 날짜까지는 몰랐었는데 우연히 그렇게 되었네요.

괴테가 11월 24일부터 12월 1일까지 아무것도 쓰지 않은 이유를 짐작해봅니다. 쉬는 것이 아니라 들고 온 원고 『이피게니에』를 완성하고 있을 겁니다. 그사이 로마로 오면서 이 원고에 대한 생각도 끊이질 않았거든요. 이제 로마에 왔으니 그것부터 마무리하려는 것이지요. 결국 잘 마무리할 겁니다.

괴테가 잘 마무리하게 놔두고, 저도 12월 1일까지는 번역을 쉬어야 합니다. 예루살렘 학회에 다녀와야 하기 때문이지요. 11월 28일에 출발하여 12월 2일이면 돌아옵니다. 새벽 다섯시 출발이고 출발 네 시간 전에 공항에 가야 하는데 차편이 쉬울지, 이스라엘의 유난

한 입국 절차도 걱정됩니다.

로마에 도착한 괴테가 24일 동안 보고 경험한 것, 예루살렘에서 돌아와 차근히 되짚으렵니다. 의당 괴테는 카피톨리노 언덕에 오르고, 폐허를 보고, 티치아노를 발견하고, 화가들과 교류하고, 그림을 그리고, 바티칸에 가서 미켈란젤로와 라파엘을 보고, 카라바조를 보고, 축제를 보고, 이런저런 성당을 봅니다. 지난 며칠 정신없이 뒤쫓았지요. 꽤 힘들었습니다.

괴테는 이제 나폴리로 갑니다. 거기에서도 화가들과의 교류가 많았습니다. 무수한 화가들을 만나고, 본인이 직접 그려보기도 하면서 대상을 매우 정교하게 바라보게 됩니다. 그냥 봐도 인상적이었을 텐데, 그걸 직접 다 그려보면, 더욱 강하게 남겠지요.

나폴리에 와서는 무엇보다 폼페이를 보고, 헤르쿨라네움Herculaneum을 봅니다. 지금은 폼페이가 너무나 유명한데, 당시에는 폼페이의 발굴은 조금 진척됐고 헤르쿨라네움 발굴은 많이 진척된 상태였습니다. 헤르쿨라네움은 바다로 내려가면서 하나의 도시가 묻히고, 그 위에 새로 이루어진 도시가 한눈에 보이는 유

215

적지입니다. 우물을 파다가 밑에서 아름다운 대리석 판이 나와 발굴이 시작됐다는 곳입니다.

그런 고대 유적지도 자세히 보지만, 가장 중요하게 본 것은 베수비오 화산입니다. 괴테가 로마에 있는 동안에도 폭발이 일어나서 사람들이 구경을 가고 그랬습니다. 괴테는 베수비오 화산에 세 번이나 오릅니다. 베수비오 화산은 나폴리 시내가 펼쳐져 있는 끝머리에 고깔모자처럼 솟아 있는데요. 그것이 폭발했던 분화구를 따라서 주변을 돌아볼 수 있지요.

괴테는 이제 (총 세 번 중) 두번째로 베수비오 화산을 오르고 있습니다. 분화구까지 들어갑니다. 분출되는 자갈들을 보고 아직 뜨거운 땅을 딛고, 작은 폭발들 사이 시간에 잽싸게 분화구 속까지 들어가네요. 분화구 안, 식은 용암 벽 일부에 자라난 식물들도 눈여겨보고요. 이 사람이 자연과학자이기도 하고, 무엇보다 지질 쪽에 관심이 많았기 때문에 더욱 주목했습니다.

그리고 나폴리에서 괴테가 중요하게 본 곳은 파에스툼Paestum입니다. 나폴리에서 기차로 삼십 분 정도 걸리는 살레르노에서 조금 더 교외에 있는 곳으로 이곳

에서 괴테는 그리스 유적을 봅니다. 이탈리아 남부는 고대 그리스의 식민지였던 시기가 있어서 그리스 도시가 있었습니다. 파에스툼은 그리스 도시입니다. 그리스 도시에는 보통 도시가 있고, 언덕에 아크로폴리스가 있는데, 침전되고 바닷물이 덮이고 해서 도시는 사라졌지만, 광활한 터는 있고 신전만은 남아 있습니다. 거대한 돌기둥으로 전체가 촘촘히 이루어진 신전입니다. 입구에만 일렬로 기둥이 서 있는 로마의 신전들과는 다르지요.

『파우스트』에도 그리스 장면이 많이 나오는데, 그리스에 가보지는 못했지만 여기서 진짜 그리스를 본 것이지요. 그래서 파에스툼은 괴테에게 중요한 유적지였습니다.

괴테는 이제 시칠리아에 가고 싶습니다. 그러나 당시에는 배를 타고 거기에 가는 것은 상당한 모험이었습니다. 그러나 괴테는 모험을 하기로 하고, 나흘이나 걸려 시칠리아 팔레르모에 닿습니다. 팔레르모에서도 역시 지형을 많이 보는데요, 국지적인 면을 보면서도 늘 전체 지형을 보고 연결시키는 점이 놀랍습니다. 이 남국에서도 식물이 그의 시선을 끄는데, 바닷가에서 멀지 않은 곳에 위치한 식물원에 큰 관심을 보입니다.

몇 년 전에 괴테의 『식물변형론』을 번역해놓았었는데, 저는 이 식물론을 현장에서, 팔레르모의 식물원에서 한번 더 교정을 보고 싶었습니다. 그래서 밤기차를 열네 시간 타고 그 식물원에 가서 하루종일 교정을 보고, 다시 밤기차를 타고 나폴리에 내려서 지난번에 못 본 파에스툼에 가보고, 괴테가 살았던 집도 둘러보고, 다시 로마로 돌아왔습니다.

이탈리아에 머무는 두 달 동안, '괴테를 팔레르모 식물원까지는 보내겠다'가 저의 목표였는데, 어찌됐건 제 번역은 괴테가 팔레르모에 닿는 데까지 갔습니다. 괴테를 시칠리아에 유배시켜놓고 돌아왔네요. 시칠리아에 머문 괴테가 나폴리로, 로마로 다시 돌아온 모습을 언제 마저 번역하여 완결할 수 있을지 모르겠습니다. 저도 언젠가 다시 가서 유배시킨 괴테를 로마로 모시고 와야 되지 않을까 싶습니다.

책 짓기에 벽돌 몇 장을 나르며

지난주 저녁에 들은 연주의 여운이 가시지를 않습니다. 고마운 분의 초대로 오랜만에 너무 좋은 연주를 들었어요. 드레스덴 슈타츠카펠레 내한 연주의 마지막 날이었는데요. 조성진이 연주한 차이콥스키 피아노 협주곡 1번은 무어라 말할 수 없을 만치 아름다웠습니다. 듣는 내내 눈물이 흐를 정도였지요. 신통하고도 신통한 연주자인 줄이야 진즉에 알았지만, 그제 저녁 연주는 정말이지 그의 기량과 열정이 어떤 절정에 이른 듯한 모습이 여실해서 기립박수가 그치질 않았고 참 많은 생각을 하게 했어요.

천재란 타고난 능력이겠지만, 제 아버지의 말씀대로 "노력하는 능력"인 것도 같습니다. 청년 마이스터의 신들린 듯한, 노련한 연주 모습을 바라보고 있자니 대체 얼마만큼 연습했을까 싶어 우선은 음악에 취했지만 저 자신을 돌아보지 않을 수 없었습니다. 평생을 애쓰며 살아오기는 했지만, 제아무리 애썼다 한들 제가 한 일이 저 젊은이의 부근에나 가겠나, 뭐 그런 생각까지 들기도 했어요. 정말 고맙고 귀한 연주자입니다.

어수선히 살다가 모처럼 좋은 음악을 듣는 호사를 누리니 감회가 컸습니다. "음악이 이렇게 나를 감동시키는데 내가 한 마리 버러지란 말인가"라는 『변신』의 그레고르 잠자의 말이 떠오르기도 했습니다.

괴테마을이 예정대로 진행되고, 좋은 음악을 들을 수 있는 작은 음악실까지 만들어지기를 새삼 꿈꾸기도 했습니다. 도서실이자 전시실인 첫 집, 젊은 괴테의 집도 아직 완성되지 못했는데 꿈도 참 야무지지요.

괴테 할머니가 지금으로부터 불과 1년 반 전에 쓰신 글입니다. 그 야무진 꿈 이루어내셨다죠? 젊은 괴테의 집뿐 아니라 괴테의 정원집이 많은 분들의 도움으로

완공되었고 그 안에 작은 음악실도 만들어졌네요. 처음으로 괴테마을에 대해 들었을 때는 꿈꾸듯 말하는 그 말이 도대체 무슨 소리인가 싶었는데, 어느새 괴테마을에는 땅이 닦이고, 집이 세워져 있습니다.

유튜브에 올릴 영상을 만들며 괴테 할머니의 머릿속에 있던 꿈들이 하나씩 실현되어가는 것을 보았습니다. 가끔은 지나치게 가까이에서 들여다보기도 한 것 같네요. 그렇게 지켜본 괴테 할머니의 이야기를 모아 전해드릴 수 있어 기쁩니다.

❖

몇 년 전 어느 비 오는 날 저녁, 여백서원의 작은방에서 원래 하려던 녹음 작업을 땡땡이치던 날의 일입니다. 시간이 생겨 전영애 선생님과 바닥에 앉아 이런저런 이야기를 나누다보니 어느샌가 『괴테와 발라데』의 「들장미」 수업이 시작되었습니다. 슈베르트의 들장미도 함께 들었는데, 괴테의 시에 곡을 붙였다는 것과 시의 내용을 알고 들으니 제법 그럴듯한 기분이 들었습니다. 평소 '괴테 따위 노잼!'이라는 생각을 했지만 당시 독일어 학원을 다니고 있던 터라 독일어로 운을 맞춘 것이 조금 흥미롭게 느껴졌어요. 래퍼들이 라임 맞추는 것과 비슷하기도 하고, 음이 없이도 멜로디나 리듬이 느껴지기도 했지요. 괴테에게 조언을 듣고 싶어 멀리서 달려온 하이네에게 나무 이야기만 했다는 이야기, 온천에서 베토벤을 만나던 이야기를 들으니 왠지 괴테는 노잼일 뿐만 아니라 꼰대 같기도 하고, 아무튼 과거를 잠시 엿본 듯한 재미난 시간으로 기억되고 있습니다.

그러다가 서울대 학생들은 이런 수업을 들었겠다는 생각에 다수의 서울대 학생을 향한 근본 없는 시기심이 생기고 말았습니다. 그런 못난 마음으로 '이런 거 같이 좀 두루 들어볼 수 있도록 뭔가를 해야겠다'는 소박한 결심을 하게 되었고, 얼마 지나지 않아 유튜브 채널을 만들었습니다.

채널명을 정할 때 몇 가지 안을 두고 여기저기 물어보는 척했지만 결국은 제 마음대로 정했는데, 괴테의 인형극 상자에서 영감을 받았습니다. 어린 괴테에게 괴테의 진짜 할머니는 인형극 상자를 선물했다고 하지요. 그 인형극 상자로 여러 역할을 하며, 괴테는 자연스럽게 희곡에 대한 관심이 생긴 것 같고, 어쩌면 극작가라는 꿈이 하나 생겼을 수도 있겠네요. 괴테에게 꿈을 꾸게 해준 할머니처럼, 필요한 누구나 쉽게 다가갈 수 있는 괴테 할머니가 되면 어떨까, 그 사람들에게 일종의 인형극 상자가 되면 어떨까 하는 생각에 최종적으로 '괴테 할머니 TV'는 생겨났습니다.

✢

20년 가까이 같이 살던 고양이가 올해 여름이 시작될 즈음 아프기 시작했습니다. 손쓸 방도가 없고, 그저 옆에서 지켜보는 수밖에 없었어요. 그러던 중에 문학동네와 함께 이 책을 만드는 일이 시작되었습니다. 전에 경험해보지 못한 두 가지의 상황을 한 번에 겪게 되었는데요, 하나는 죽어가는 친구를 보살피는 일, 다른 하나는 책 만드는 작업에 참여하게 된 일이지요. 끝나가는 것과 시작하는 것을 동시에 겪는다는 건 묘한 기분이 들게 했습니다. 사실 생각해보면 세상 모든 일이 그렇기는 하지만요. 왠지 정리하던 원고를 모두 출판사에 전달하고 나면 내 친구의 생명도 끝나버릴 것 같은 이상한 기분이 들었는데, 거짓말처럼 마지막 원고를 보내던 그날 죽었어요. 마치 누군가 세상을 교묘하게 조종하고 있는 것 같았습니다.

처음으로 문학동네 담당자님들을 만나던 날, 책 만드는 일은 집 짓는 작업과 비슷한 것 같다고 해주신 말이 마음에 남아 있습니다. 올해 여름은 책 하나 짓는 데 벽돌 몇 장 보탠 것 같아요. 고작 벽돌 몇 장 나르면서 땀을 뻘뻘 흘리기는 했지만요.

이 책을 위해 그동안 촬영했던 영상들을 다시 보았습니다. 꽤 많더라고요. 그러면서 괴테 할머니에 대해 생각했어요. 제가 본 전영애라는 사람은 달리는 사람이에요. 그런데 요령 없이 단거리 선수처럼 뛰면서 힘들게 마라톤을 하는 것 같아요. 쉴 법도 한데, 바보처럼 달리기만 합니다(실제로 걸음도 엄청 빠르고, 자꾸 뜁니다). 왜 저렇게 사는지 좀처럼 이해가 안 되어 조금 편하게 사시라고 설득도 해보고, 모진 말로 협박도 해보았습니다. 그런데 설득되는 일이 아니었어요. 그 속에 솟아나오고 있는 것을 살고 있는 사람이었으니까요.

나이가 많은 사람도, 많이 배운 사람도, 젊은이들에게 박수 쳐주는 사람도 응원이 필요하겠지요?

괴테 할머니 하고 싶은 거 다하고 사세요! 응원합니다!

2024년 11월 6일

최경은

괴테 할머니의
인생 수업

1판 1쇄 2024년 12월 4일
1판 2쇄 2025년 1월 31일

지은이 전영애 정리 최경은
기획·책임편집 이경록 편집 고아라 이희연
디자인 이보람 저작권 박지영 형소진 오서영
마케팅 정민호 서지화 한민아 이민경 왕지경 정유진
        정경주 김수인 김혜원 김예진 이서진
브랜딩 함유지 박민재 김희숙 이송이 김하연 박다솔 조다현 배진성 나현후
제작 강신은 김동욱 이순호 제작처 한영문화사

펴낸곳 (주)문학동네 펴낸이 김소영
출판등록 1993년 10월 22일 제2003-000045호
주소 10881 경기도 파주시 회동길 210
전자우편 editor@munhak.com
대표전화 031) 955-8888 팩스 031) 955-8855
문의전화 031) 955-3579(마케팅) 031) 955-3572(편집)
문학동네카페 http://cafe.naver.com/mhdn
인스타그램 @munhakdongne 트위터 @munhakdongne
북클럽문학동네 http://bookclubmunhak.com

ISBN 979-11-416-0845-3 03810

www.munhak.com